Danielle Boulianne

Bi
à Rc

Illustrations
Jessie Chrétien

Collection Œil-de-chat

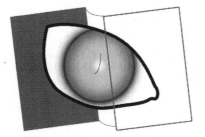

Éditions du Phœnix

© **2010 Éditions du Phœnix**
Dépôt légal 2010
Imprimé au Canada

Illustrations Jessie Chrétien
Graphisme de la couverture : Guadalupe Trejo
Graphisme de l'intérieur : Hélène Meunier
Révision linguistique : Hélène Bard

Éditions du Phœnix
206, rue Laurier
L'Île Bizard (Montréal)
(Québec) Canada H9C 2W9
Tél.: 514 696-7381 Téléc.: 514 696-7685
www.editionsduphoenix.com

Boulianne, Danielle
Bienvenue à Rocketville
(Collection OEil-de-chat ; 22)
Pour les jeunes de 9 ans et plus.
ISBN 978-2-923425-37-5
I. Chrétien, Jessie.
 II. Titre. III. Collection: Collection OEil-de-chat ; 22.
PS8553.O845B53 2010 jC843'.6 C2010-941347-4
PS9553.O845B53 2010
Réimpression février 2011

Éditions du Phœnix remercient la SODEC et le Conseil
des Arts du Canada pour l'aide accordée à son pro-
gram me de publication. Éditions du Phoenix bénéficie
également du Programme de crédit d'impôt pour l'édition
 de livres - Gestion SODEC - du gouvernement du
Québec.

Nous reconnaissons l'aide financière du gouvernement du
Canada par l'entremise du Fonds du livre du Canada pour
nos activités d'édition.

Danielle Boulianne

Bienvenue
à Rocketville !

Éditions du Phœnix

À Zack

CHAPITRE 1

Bienvenue à Rocketville !

Nous sommes en plein cœur de l'été, dans un petit village semblable à des centaines d'autres au pays ; la seule particularité qui le distingue, c'est son nom : Rocketville. Non pas que Maurice Richard y ait habité... En fait, l'endroit tire son nom d'une passion que partagent tous ses habitants. C'est facile à deviner : il s'agit du hockey, bien entendu !

À la fin des années 1950, cette charmante bourgade, qui à l'origine s'appelait Saint-Charles, a été renommée en l'honneur du Rocket. Depuis, l'enthousiasme des villageois pour cette activité sportive demeure toujours aussi vif : ils prennent plaisir à perpétuer la tradition.

Zack, neuf ans, ne fait pas exception à la règle, il ne vit que pour le hockey... ou presque. L'hiver représente pour lui le sommet du bonheur, car il consacre tout son temps libre au hockey. Le jeune garçon pratique son sport favori avec ses amis sur le chemin de l'école. Ensemble, ils font chacun leur tour une échappée.

Quand vient l'heure de la récréation ou du dîner, tous les camarades se retrouvent alors dans la cour pour disputer un match amical. Le soir venu, une fois les devoirs terminés, la bande se donne rendez-vous sur le lac gelé pour jouer encore et encore. Ils s'en donnent à cœur joie sur la glace, jusqu'à ce que le soleil se couche et qu'ils ne soient plus en mesure de voir la rondelle. Ils décident parfois de glisser ou de faire une bataille de boules de neige!

Lorsque la période froide fait place au printemps et que les lacs sont impraticables à cause du dégel, le clan se déplace à l'aréna de Rocketville pour prolonger la saison. Ils reprennent le jeu de plus belle. Les parents assistent aux matchs ou rejoignent souvent leurs enfants sur la patinoire, afin de se rappeler le bon vieux temps ou encore pour se mesurer à eux.

Puis, quand arrive l'été, tout le monde troque les patins pour les chaussures de sport et l'on continue de s'amuser. Déjouer l'adversaire, faire des passes et compter des buts, voilà à quoi sont consacrées les journées! Une vie de rêve! De temps en temps, lorsque la chaleur devient insupportable, les amis piquent une tête dans le lac pour se rafraîchir un peu, puis reprennent le bâton, espérant marquer à tout coup.

Zack consacre toutes ses heures libres au hockey. Il a d'ailleurs décidé de rejoindre l'équipe locale, les Requins de Rocketville. Parce qu'il est bon, on lui a attribué la position de joueur de centre et le titre de capitaine. Sa renommée le précède souvent, si bien que ses adversaires le craignent. Tout cela le pousse à envisager de faire carrière dans ce sport, mais pour l'instant, il souhaite avant tout s'amuser!

Le soir venu, quand la fatigue se fait sentir, le garçon s'endort fréquemment blotti contre son père, Marc, en regardant un match de ses idoles à la télévision. Il en a pris l'habitude depuis son plus jeune âge. Ce temps passé ensemble reste un moment d'étroite complicité entre le père et le fils.

Plongé dans son sommeil, Zack rêve à ses prouesses sur la glace et au plaisir que lui procure la caresse de l'air frais sur son visage. Un sourire béat se dessine sur ses lèvres. Il se trouve là où il se sent bien, sur la patinoire, chaussé de ses patins.

CHAPITRE 2

L'équipe de copains

Zack passe tellement de temps avec ses deux meilleurs amis, William et Laurier, que leur entourage les a affectueusement surnommés « le trio ». Car non seulement ils en forment un sur la glace, mais aussi dans la vie. Bien qu'ils soient très proches, les trois garçons demeurent ouverts à d'autres amitiés et s'amusent volontiers avec les autres.

En réalité, tous les enfants de Rocketville se connaissent, car ils ont grandi ensemble. Ils ne partagent pas forcément tous la même passion, mais ils finissent toujours par trouver un jeu ou une activité qui plaît à tout le monde. Et, lorsqu'une nouvelle famille emménage au village, les enfants se font un devoir de favoriser l'intégration des nouveaux venus. Ces derniers se sentent aussitôt chez eux, comme s'ils avaient toujours appartenu à la bande. Les jeunes résidants appliquent sans retenue cette devise : *Plus on est de fous, plus on rit!* Il arrive parfois que certains se disputent ou qu'il y ait des malentendus, mais tout rentre généralement dans l'ordre rapidement.

Ainsi, tout fonctionnait bien à Rocketville jusqu'à l'arrivée de Nathan, un garçon de dix ans, en provenance d'une grande agglomération. Ses parents s'étaient récemment séparés, et sa mère, Sandra, avait choisi, pour prendre un nouveau départ, de quitter la ville et d'aller vivre dans un endroit paisible et plus tranquille. En s'installant à la campagne, elle souhaitait offrir un nouveau style de vie à son fils qui, selon elle, s'était entouré de mauvaises fréquentations.

Malheureusement, malgré les efforts de sa mère, Nathan continue de passer sa journée à flâner et refuse de faire quoi que ce soit. Nathan ne comprend pas la séparation de ses parents et il souffre d'être sans nouvelles de son père, qu'il n'a pas vu depuis quelque temps. Ils ne lui ont donné aucune explication.

Aussi s'est-il renfermé sur lui-même et il parle très peu à sa mère ; il rentre souvent tard et rapporte à la maison des objets qu'il n'a pas les moyens de s'offrir. Sandra s'inquiète aussi de ses soudains excès de violence : Nathan prend un mauvais tournant. Et son père demeure injoignable...

Nous sommes en été. Profitant de leurs journées sans devoirs, notre trio, accompagné de leurs amis, se présente chez Nathan pour l'inviter à jouer. Sandra se réjouit à la vue de la bande d'enfants et espère que son fils retrouvera sa joie de vivre. Malheureusement, après quelques minutes passées en compagnie du groupe, Nathan rentre chez lui, préférant se vautrer dans un fauteuil pour regarder la télévision.

— Tu ne veux donc pas jouer avec les autres garçons ? lui demande Sandra en éteignant le téléviseur.

— Aucun intérêt, rien que des perdants.

— Si tu les connaissais mieux, tu changerais peut-être d'avis. Fais un effort, pour une fois !

— Je n'ai aucune envie de les connaître. Ce village est moche et les gens qui l'habitent aussi ! En plus, d'où vient ce nom minable, Rocketville ? Je veux retourner en ville. Pourquoi est-ce que je ne peux pas vivre avec papa ? crie Nathan en courant vers sa chambre pour s'y enfermer. Pourquoi ?

***

Le premier contact entre Zack, la bande de copains et Nathan n'a pas été une réussite de prime abord ; le garçon a refusé de participer à tout ce qu'on lui a proposé et de répondre aux questions qu'on lui a posées. En fait, il a rejeté toute forme d'amitié. Si Nathan veut être seul et triste, ça le regarde. Après le départ du mystérieux garçon, le groupe d'amis décide de commencer une partie. Le plaisir du jeu passe avant tout ! Le jour où Nathan changera d'opinion, si cela se produit, il sera le bienvenu.

***

L'été passe à vive allure : Zack et ses amis s'amusent comme des fous durant les vacances. De temps en temps, ils aperçoivent Nathan qui rôde tout près : il semble toujours seul et de mauvaise humeur. Malgré les invitations répétées du trio, le garçon refuse de se joindre au groupe, préférant la solitude au plaisir et aux fous rires.

CHAPITRE 3

La proposition de Zack

Le mois de septembre arrive rapidement, au grand désespoir des enfants, conscients du fait qu'ils auront moins de temps pour s'amuser. Mais il faut bien s'instruire ! Seul point positif : l'hiver approche et du même coup, le retour de la saison de hockey. Les activités reprennent pour la Ligue nationale, comme pour la régionale dans laquelle joue Zack. Cette fois encore, les Requins de Rocketville sèmeront la terreur dans le coin.

En ce jour de rentrée des classes, Nathan va à l'école comme tout le monde, mais on voit bien que l'intérêt manque. Il se terre seul dans un coin, refusant tout contact avec les enfants de son âge. Souvent, il sèche des cours, répond à ses professeurs avec insolence et agit de manière brusque avec ses camarades : il cherche clairement l'affrontement.

Zack tente à plusieurs reprises de se rapprocher de lui, sans succès. Malgré le comportement rebutant de Nathan, il décide de faire une dernière tentative. Apercevant le garçon, seul comme à son habitude dans la cour de récréation, Zack engage la conversation.

— Bonjour !

— Mmm... Qu'est-ce que tu veux ?

— J'ai une proposition intéressante pour toi, répond Zack.

— Qu'est-ce que c'est ?

— J'ai pensé que, si tu en as envie, tu pourrais jouer au hockey dans notre équipe. J'ignore ta technique de jeu, mais ton physique serait un atout pour nous.

— Mmm ! marmonne Nathan.

— Mais si, tu es grand, costaud et tu sembles robuste ! À la défense, tu ferais certainement l'affaire. Et puis tu as joué au moins une fois au hockey dans ta vie ! Tu marqueras sûrement quelques buts.

— Je ne sais pas, j'en doute.

— J'aimerais vraiment que tu y penses, ajoute Zack. Il y a interdiction de se battre sur la glace, mais ça chauffe quand même de temps en temps. Crois-moi, ça défoule.

— Si tu le dis, fait mollement Nathan.

— En plus, tu pourrais te faire des amis, si ça te tente, bien sûr. Écoute, prends le temps d'y réfléchir. La période d'entraînement commence bientôt, à la fin de septembre. Elle s'échelonne sur un mois ou deux, puis les matchs débutent. Tu peux toujours participer aux séances, et si tu n'aimes pas ça, tu n'auras qu'à arrêter.

— Je vais y penser. Quand veux-tu une réponse?

— Le plus tôt possible, mon ami, répond Zack en souriant. Le plus tôt possible, répète-t-il en donnant une tape amicale dans le dos de Nathan. J'espère que tu accepteras, ce serait vraiment bien!

Sur ces paroles, Zack va rejoindre William, Laurier et les autres pour continuer la partie de hockey commencée quelques minutes plus tôt. Nathan, en retrait, les regarde jouer tout en pensant à la proposition qu'on vient de lui faire. Il ne la trouve pas très intéressante, mais au moins, cela lui évitera de rester tout le temps seul. En cherchant bien, il en tirera peut-être quelque chose, se dit-il avec un sourire en coin. Il a encore du mal à accepter sa nouvelle vie de campagnard, mais pour l'instant, il doit s'en contenter : aussi bien essayer une nouvelle activité...

Le lendemain midi, presque à la même heure, Nathan se dirige vers Zack et lui fait signe de s'approcher.

— J'ai bien réfléchi et j'ai pris une décision.

— Déjà ? lance l'auteur de la proposition. Tu refuses, alors ? dit-il, convaincu qu'une réponse rapide ne laisse rien présager de bon.

— Non, j'accepte ton offre, mais j'arrête si je déteste le jeu.

— Aucun problème, tu peux partir quand tu veux.

— Je vais être à la défense ?

— Tu choisis et tu en informes l'entraîneur, dit Zack, mais le dernier mot lui revient.

— Parfait !

— Est-ce que tu as ton équipement ?

— J'ai les patins et le bâton. Pour le reste, je demanderai à ma mère de m'acheter ce qu'il faut.

— Si jamais il te manque quelque chose, informe-toi à l'aréna ou auprès des autres joueurs, ils pourront te prêter le nécessaire. Nous sommes une équipe après tout !

— Inutile, ma mère sera tellement contente qu'elle m'offrira probablement la lune.

Il tourne les talons, prêt à partir, lorsque Zack lui tapote l'épaule.

— Nathan, la période d'entraînement commence le trente septembre, dans quelques jours. Il faut payer pour la saison.

— Il ne devrait pas y avoir de problème. J'en parle à ma mère aujourd'hui et je te confirme tout ça demain.

— Bien ! Une dernière chose, reprend Zack. Ce serait une bonne idée de pratiquer avec nous après le repas du midi et du soir. Nous pourrons tous nous mettre à niveau et puis tu feras au moins la connaissance des autres joueurs. Je passe te chercher chez toi, ce soir ?

— Je dois d'abord en discuter avec ma mère. Nous verrons demain. Et puis, j'ai dit que j'acceptais de participer au camp d'entraînement, je n'ai jamais prétendu que j'allais devenir ton ami !

— Bon, alors nous comptons sur toi pour le trente septembre. En attendant, je te souhaite officiellement la bienvenue dans l'équipe des Requins de Rocketville ! D'ici là, si ça te tente, tu sais où nous trouver.

***

La fin septembre arrive rapidement, ainsi que le premier entraînement. Nathan s'y présente comme prévu. Sandra, heureuse de voir que son fils reprend goût à la vie – du moins le pense-t-elle – achète tout l'équipement requis et paie volontiers les frais d'inscription pour la saison. Certaine d'avoir pris la bonne décision en venant vivre à Rocketville, elle s'attend à surprendre un sourire sur le visage si triste de son fils.

La période d'entraînement se déroule sans anicroche et Nathan se débrouille très bien. Qui pourrait imaginer qu'il s'agit de sa première saison ? Il apprend si vite ! Seul point négatif : son refus constant d'accepter de se lier d'amitié avec les autres. Il arrive à l'heure dans le vestiaire, s'habille, joue, puis rentre chez lui sans jamais participer à la vie d'équipe. Pour l'instant, son attitude ne pose pas problème mais, en saison régulière, il lui faudra changer. « L'esprit d'équipe avant tout », comme le dit si bien l'entraîneur !

**

Comme prévu, le camp se termine deux mois plus tard et la saison régulière commence à la fin novembre. Nathan occupe officiellement la position de défenseur. L'entraîneur, lui explique qu'il doit maintenant faire partie intégrante de l'équipe, avec tout ce que cela implique : il faut qu'il se fasse des amis et qu'il change de comportement avec ses coéquipiers. Nathan le rassure, il promet de faire des efforts.

Au fond de lui-même, fraterniser avec les membres des Requins l'intéresse peu. Seule compte pour lui la possibilité de plaquer les joueurs des équipes adverses : c'est un bon moyen, à ses yeux, de se défouler et de calmer la colère qui l'habite. La finesse, la dextérité, l'habileté et toutes les autres qualités que ce sport requiert sont avantageuses pour ceux qui veulent exceller. Lui, il trouvera du plaisir ailleurs, en mettant l'adversaire en échec. Voilà à quoi se résumera sa pratique du hockey. Mais il devra tout de même jouer le jeu, faire semblant d'être un bon garçon pour conserver sa place au sein de l'équipe.

***

La saison des matchs s'amorce. Les Requins jouent bien : tous les coéquipiers se donnent à fond. Nathan a déjà plusieurs minutes de pénalité d'accumulées, mais il se sent bien sur la glace ; mieux que ce qu'il avait jusque-là imaginé. Ce sport qui, quelques mois plus tôt, le laissait totalement indifférent, commence lentement à l'intéresser. Mais le garçon dissimule farouchement cette nouvelle passion pour le hockey et continue de rudoyer l'adversaire avec agressivité. L'automne cédant sa place à l'hiver, la violence qui gronde au fond de

Nathan semble s'amenuiser légèrement, au profit de sentiments plus agréables.

CHAPITRE 4

Une journée père-fils

Un matin d'hiver, Zack se réveille avec difficulté. Il a le front brûlant, les yeux fiévreux et la gorge irritée. Malgré son teint livide et ses jambes tremblotantes, le garçon s'habille pour aller à l'école. Il fait un temps magnifique et il ne veut absolument pas se priver de jouer avec ses amis.

En descendant l'escalier, il perd pied et déboule quelques marches. Sa mère, affolée et le croyant blessé, accourt pour le relever.

— Tout va bien, Zack ? T'es-tu fait mal ?

— Non, maman, mais je me sens un peu faible.

Hélène pose la main sur le front de son fils : pas de doute, il a un accès de fièvre. Il n'y aura ni école ni activités pour son petit homme aujourd'hui.

— Allez, remonte mettre ton pyjama, tu restes à la maison, dit-elle.

— Non, maman ! Je préfère jouer dehors avec les autres. Nous avions prévu...

— Pas de discussion. Tu pourras regarder le sport à la télé toute la journée si tu veux, mais tu dois te reposer. Pour une fois que je te garde à la maison !

— Mais maman...

Comme il s'apprête à poursuivre, son père arrive à son tour.

— Que se passe-t-il ici ? Zack, es-tu malade ?

— Effectivement. Changement de programme : il reste ici et moi j'appelle le bureau pour les informer de mon absence aujourd'hui.

— Mais, articule péniblement le garçon au bord des larmes. Je veux aller à l'école.

— J'ai une idée, reprend Marc. Hélène, va au travail. Je m'occuperai du petit. En plus, ajoute-t-il en s'adressant à Zack, je te réserve une surprise, qui t'est due depuis un certain temps. Allez, va mettre ton pyjama. Et toi, dit-il à son épouse en lui donnant une petite tape sur l'épaule, dépêche-toi, sinon tu seras en retard !

— Mais... protestent en chœur la mère et le fils.

— Il n'y a pas de mais qui tienne, j'ai pris ma décision.

Sur ces entrefaites, Zoé, la cadette de Zack, accourt en déclarant :

— Moi aussi je veux rester avec papa, lance-t-elle en se jetant dans les bras d'Hélène.

— Mais non, ma chouette, toi, tu n'es pas malade ! Tu dois aller à l'école.

— Zoé, reprend à son tour Marc, maman a raison : il faut aller en classe. Aujourd'hui, j'ai une surprise pour Zack, uniquement réservée aux hommes de la famille. Es-tu un garçon, ma belle ?

— Non, fait-elle, boudeuse.

Tenace, elle se met à tousser, dans l'espoir de modifier la décision de ses parents.

En entendant les éclats de rire déclenchés par sa fausse toux, la petite dernière comprend que sa tentative a échoué. Elle fait alors une petite moue, tourne les talons et se dirige à grands pas vers la cuisine, les bras croisés et la tête rentrée dans les épaules. Le comportement de Zoé accentue davantage les esclaffements de Zack, d'Hélène et de Marc. La question est réglée. Zack remonte dans sa chambre et enfile de nouveau son pyjama. Il ignore la nature de la surprise que lui réserve son père, mais il est si impatient de se retrouver seul avec lui, qu'il en a presque oublié sa maladie.

CHAPITRE 5

Le grenier

Moins de trente minutes plus tard, Zoé et Hélène s'apprêtent à quitter la maison. Avant de passer le seuil, la mère rappelle à son fils les nombreuses recommandations d'usage : prendre du sirop, se reposer, ne pas oublier de boire beaucoup d'eau et, interdiction de mettre le nez dehors. Dès qu'il entend la porte se refermer, le garçon dévale l'escalier à toute vitesse, anxieux de connaître ce que son père lui réserve comme surprise.

À la vue de son fils, Marc ouvre très grands les bras pour que Zack puisse s'y blottir.

— As-tu faim, mon grand ? dit-il en le serrant contre son cœur et en le soulevant de terre.

— Pas vraiment, papa. En fait, un peu, mais j'ai surtout envie de voir ma surprise. Peux-tu me dire maintenant de quoi il s'agit ?

— Bientôt, mon homme. D'abord, tu dois manger un brin pour reprendre des forces. Allez, je te prépare une ou deux gaufres et après, nous monterons au grenier.

— Au grenier ! s'exclame Zack, intrigué. D'habitude, il n'y a là que des vieilleries. Qu'est-ce qui pourrait me surprendre dans cet endroit ?

— Des vieilles affaires, oui... Mais dans les combles, il y a quelque chose de bien particulier..., affirme Marc d'un air mystérieux.

Sa phrase reste en suspens. Les yeux fixes, il semble perdu dans des souvenirs heureux, si l'on se fie à son sourire. Il revient rapidement à la réalité, sort quatre gaufres du congélateur, les met dans le grille-pain, tout en sifflotant joyeusement. Zack trouve le comportement de son père un peu étrange. Il ignore, à ce moment-là, la tournure que va prendre sa journée et même sa fin de semaine !

Après avoir avalé leurs délicieuses pâtisseries tartinées de beurre d'arachide et bu un verre de jus en quatrième vitesse, Zack et Marc montent au grenier, laissant tout traîner sur le comptoir de cuisine : ils rangeront plus tard. Lorsqu'ils arrivent en haut de l'échelle, le père ouvre la trappe donnant accès à l'antre aux souvenirs. Elle se soulève dans un grincement métallique. Une fois l'épais nuage de poussière dissipé, le père et le fils se hissent dans l'entretoit.

Zack y pénètre pour la deuxième fois. Pendant des années, il a demandé d'y jouer, mais ses parents ont trouvé mille et un prétextes pour lui en refuser l'accès. Pour le calmer, ils ont fini par accepter qu'il y aille, mais à une seule occasion. Lorsque le garçon a découvert l'endroit, il l'a trouvé quelconque et sans intérêt. Cette fois-ci, il est curieux : son cœur bat la chamade. Seule une fenêtre, drapée d'un rideau de dentelle jaunie, laisse pénétrer la lumière qui éclaire cette sombre pièce. À l'aide d'une chaînette, son père allume une ampoule de faible intensité, située juste au-dessus de sa tête. Les yeux de Zack s'habituent à la pénombre de la pièce.

Le garçon distingue enfin le contenu du grenier : des meubles poussiéreux si anciens qu'ils datent sans doute du temps des premiers colons, des cartons empilés les uns sur les autres dans un coin et de vieux jouets éparpillés un peu partout. Zack a beau regarder autour de lui, il a du mal à croire que sa surprise puisse se trouver dans un tel endroit. Il se retourne pour interroger son père qu'il découvre avec étonnement non plus derrière lui, mais au fond de la pièce, près d'une armoire en bois, de taille imposante. Zack se demande comment ce meuble a pu échapper à son regard. Son père lui fait signe d'approcher, avance deux chaises, s'assoit sur l'une des deux et invite son fils à en faire autant. L'heure de la révélation a enfin sonné !

CHAPITRE 6

La surprise

Zack s'assoit, bouche bée, prêt à poser des questions, mais son père met un doigt sur sa bouche. De son bras, il enveloppe les épaules de son fils, puis ferme les yeux. On dirait qu'il se remémore un moment de sa vie. Le garçon, malgré son impatience, respecte ce moment de quiétude. Après quelques secondes à écouter le silence, Marc rouvre les yeux. D'un pas lent, il se dirige vers l'armoire et l'ouvre. À l'intérieur, Zack aperçoit une forme, recouverte d'un morceau de tissu ; il se demande de quoi il s'agit. Marc prend délicatement cet emballage dans ses mains et le dépose doucement sur le sol, comme si sa vie en dépendait. Cette soudaine façon qu'a son père de bouger laisse Zack sans voix : jamais, il ne l'a vu faire autant attention à un objet. Intrigué, le garçon se lève, mais son père lui fait signe de rester assis. Il s'exécute et se tient presque immobile ;

seules ses jambes trahissent son anxiété. L'emballage gît sur le sol, devant leurs pieds. Marc retourne s'asseoir, puis prend la parole sur un ton grave.

— Tu as maintenant neuf ans et il est temps pour moi de lever le voile sur le secret le mieux gardé de notre famille. Il se transmet de père en fils depuis des générations. C'est à ton tour de le connaître. Tu ne pourras en parler ni à ta mère ni à ta sœur, est-ce que tu me comprends ?

— Même pas à maman ? demande Zack, incrédule.

— Exact, ni à Zoé ni à personne d'autre, d'ailleurs. Ce secret appartient aux hommes de notre famille. Tu saisis bien ce que je te dis ? Aucun de tes amis, pas même William ni Laurier, ne peut être au courant.

Malgré sa nervosité grandissante, Zack acquiesce. Un secret transmis de père en fils, inconnu des femmes de la famille, de tous en fait. Décidément, cette journée s'annonce de plus en plus palpitante ! Le garçon éprouve une grande impatience, mais de voir son père si solennel le rend légèrement anxieux. Il attend la suite de l'histoire.

— Zack, depuis des générations, nous, les hommes de la famille, pratiquons un sport que tu affectionnes particulièrement...

— Le hockey! l'interrompt le garçon fièrement.

— Si tu savais comme je suis content de voir que tu aimes ce jeu, ajoute Marc, le sourire aux lèvres. Il faut remonter au début des années 1900, au temps où ton arrière-arrière-grand-père n'était qu'un petit garçon, pour comprendre le secret de notre famille. Ses parents avaient peu de moyens, mais ils savaient à quel point leur fils se passionnait pour ce sport. Ils ont économisé une année entière afin de lui offrir l'équipement de hockey, le jour de ses neuf ans. C'était, à l'époque, un cadeau hors de prix et une chance incroyable pour un petit garçon de posséder ses propres patins et son bâton, un des premiers, d'ailleurs, à avoir été fabriqué en série, car le hockey gagnait en popularité et n'était plus seulement réservé aux riches anglais.

Zack, attentif et silencieux, boit les paroles prononcées par son père. Le temps semble s'être arrêté. Quel immense privilège d'appartenir à une famille pionnière dans la pratique de ce sport! Il attend la suite avec impatience.

— Ainsi, quand ton arrière-arrière-grand-père a chaussé ses patins de cuir pour la première fois et qu'il a tenu dans ses mains son bâton bien à lui, il a été envahi par une immense fierté. Il s'est précipité sur l'étang gelé et s'est laissé glisser lentement sur la glace. Les bras levés vers le ciel, il a pleuré de joie. Puis, le soir venu, après avoir patiné des heures durant sans se fatiguer, il a dû rentrer pour manger un peu et se reposer. À l'heure du coucher, il a déposé, dans cette énorme armoire de sa chambre, ses patins et son bâton, puis s'est agenouillé devant son lit en demandant à qui voulait bien l'entendre...

— Quoi, papa? s'exclame Zack. Dis-moi vite!

— Sois patient, mon grand, j'y arrive. Je te comprends, j'ai éprouvé moi aussi la même hâte, dit Marc, de nouveau perdu dans ses pensées.

Son fils le secoue alors légèrement, comme pour le tirer de sa léthargie.

— S'il te plaît, raconte-moi ce que mon arrière-arrière-grand-père a réclamé. J'ai tellement envie de savoir ce que contient cet emballage !

— J'y viens. Il a demandé que cette paire de patins et ce bâton soient transmis de génération en génération à tous les garçons de la famille, dès l'âge de huit ou neuf ans. Il a aussi formulé le désir que jamais ils ne se brisent et, plus incroyable encore, que cet équipement garde en mémoire les connaissances, les forces et les habiletés de tous les joueurs de la famille qui l'auront utilisé.

— Tu plaisantes, papa !

— Non, je suis très sérieux, insiste Marc.

Il se lève de sa chaise pour s'agenouiller à côté de l'emballage rudimentaire, fait signe à Zack de le rejoindre et de se mettre à genoux pour l'aider à défaire les ficelles entourant le précieux équipement.

— Tu as devant toi un témoin du passé de toute ta famille et du futur des générations à venir. Ce bâton et ces patins sont-ils magiques, ensorcelés ? Qui sait ? Mais je suis certain d'une chose : lorsque mon père me les a donnés, l'année de mes neuf ans, ils étaient exactement dans cet état. Sceptique, je les ai tout de suite enfilés pour vérifier si mon père disait vrai. Je me suis dépêché d'aller sur le lac et, crois-moi, jamais je n'avais patiné comme ça ni atteint un tel niveau de précision dans mes passes ou mes tirs au but. Je te le jure. Maintenant, explique Marc en défaisant le dernier nœud de la corde, cet équipement t'appartient. Tu as le devoir d'en prendre soin. Je te donne aujourd'hui un bien inestimable. Lorsque tu auras un fils, tu le lui remettras à ton tour pour perpétuer la tradition.

— Oui, papa ! balbutie Zack, au comble de l'énervement.

Ils ouvrent l'emballage. Le garçon n'en revient pas : il a devant lui les patins et le bâton de son arrière-arrière-grand-père. L'émotion lui noue la gorge. Il regarde son père et leurs yeux s'embuent de larmes. Ce témoignage du passé les ébranle au plus haut point. Zack promet, d'une voix émue :

— J'en prendrai le plus grand soin, papa. Mais comment faire pour les cacher à maman et à Zoé? Elles vont sûrement remarquer que ce ne sont pas mes patins ni mon bâton habituels.

— Justement, non! J'ignore pourquoi, je me pose d'ailleurs la question depuis une trentaine d'années, mais une fois que tu enfiles cet équipement, il paraît neuf, comme le tien. Aucune fille de la famille ne s'est jamais aperçue qu'il s'agissait d'un vieil équipement, même s'il a été porté devant plusieurs d'entre elles, des centaines et des centaines de fois. Peut-être que ton arrière-arrière-grand-père en avait aussi exprimé le souhait... Qui sait, peut-être ne s'entendait-il pas bien avec sa sœur, ajoute Marc en souriant.

— Papa, est-ce que je pourrais les essayer, dis? Je sais que maman m'a interdit de sortir, mais curieusement, je me sens bien, même mieux que d'habitude.

— Bien sûr que oui, mon grand! Mais avant, donne-moi deux minutes. Le temps d'enfiler mes patins. Allons essayer l'équipement ensemble. Après tout, le grand air n'a jamais tué personne! Allez, descendons nous préparer.

Sur ces paroles, ils se lèvent tous les deux en même temps. Zack prend le bâton d'une main et la paire de patins de l'autre. À la pensée qu'il portera bientôt le même équipement que son père, son grand-père, et son arrière-arrière-grand-père, il se tient droit comme un I, fier de son histoire familiale. Le garçon quitte le grenier, suivi de son père, et tous deux se dépêchent de descendre au premier étage.

Une autre surprise attend Zack, déjà abasourdi par tant de révélations. Son père disparaît dans sa chambre et revient rapidement avec un autre objet grossièrement emballé. Le garçon l'ouvre de ses mains tremblantes et découvre un vieux et magnifique chandail des Canadiens de Montréal en coton très épais avec les cordons au cou, portant le numéro neuf du Rocket, Maurice Richard. À l'arrière, on y a cousu un seul nom, Lachance, celui de la famille de Zack. En l'enfilant, notre jeune sportif se sent envahi d'une joie immense et d'une fierté encore plus grande.

— Je garde cette relique des tricolores depuis des années, avoue Marc. Mon père me l'a offerte et j'ai juré de la conserver pour la donner un jour à mon fils. Contrairement à ton arrière-arrière-grand-père, je n'ai fait aucune demande particulière à l'égard de ce chandail, mais je suis sûr que le fait de porter le numéro neuf te rendra aussi fier que moi. Richard était un grand joueur, tu le deviendras aussi. Nos rêves sont toujours à notre portée, il suffit d'y croire!

— Merci, papa, vraiment! répond Zack, profondément bouleversé.

Pour éviter un débordement d'émotion, Marc propose que chacun enfile son équipement. Le garçon porte encore son pantalon de pyjama, mais qu'importe. Ce qu'il vient d'apprendre lui fait oublier tout le reste. Les nouveaux patins lui vont à merveille, comme s'ils avaient été créés spécialement pour lui. En les chaussant, il se sent tout de suite à l'aise. Après avoir attaché ses lacets, il a l'impression de ne faire qu'un avec l'équipement. Il se lève et se tient parfaitement en équilibre, puis prend son bâton dans ses mains : il est aussi léger que les nouveaux en graphite, ce qui lui assure la rigidité nécessaire pour effectuer de puissants tirs, sans être trop fragile.

Face au miroir, Zack constate avec surprise que son image diffère de celle à laquelle il s'attendait! Il porte son pantalon de pyjama, son manteau d'hiver par-dessus lequel il a enfilé le chandail du Rocket, légué par son père, mais aux pieds, surprise! Il aperçoit des patins tout ce qu'il y a de plus ordinaire. En fait, ils ressemblent exactement à la paire qu'il porte depuis le début de l'hiver. Ses pieds ont grandi et son père lui en a acheté une nouvelle. À la main, son bâton pourrait passer pour un banal bâton de hockey que l'on trouve dans les magasins de sport. Pourtant, le garçon sait que le cadeau dont il a hérité est particulier. Le miroir lui renvoie-t-il l'image que verront sa mère et sa sœur? Il s'apprête à interroger son père, mais celui-ci s'approche par-derrière et devance sa question.

— Le miroir te montre en fait ce que les gens voient. Seuls les hommes de notre famille peuvent voir ton ancien équipement, explique Marc en souriant. Allez, es-tu prêt?

— Oh oui, papa!

Zack s'admire encore une fois et demande avec un grand sourire :

— Miroir, miroir, dis-moi qui est le meilleur joueur de hockey ?

Et son père de répondre, en imitant la voix de l'objet magique :

— C'est toi, mon enfant ! Allez, dépêche-toi et viens jouer, ajoute-t-il sur son ton habituel.

Ils sortent bras dessus, bras dessous pour profiter de cette magnifique journée. Le cœur de Marc déborde de bonheur à la vue de son fils. Il est content de lui avoir transmis le secret familial. Il a utilisé ce cadeau autrefois, maintenant, il en jouira autrement : les cris d'allégresse de Zack lui procureront un immense plaisir.

CHAPITRE 7

Sur la glace

Dès qu'il pose le pied sur la glace, Zack se sent doté d'une adresse, d'une vitesse et d'une habileté jusque-là inconnues. Il file comme l'éclair, patine presque aussi vite qu'un Alexander Ovechkin s'amusant derrière la maison de ses parents en Russie, réalise des feintes à la Malkin ou à la Mario Lemieux et contrôle la rondelle avec la dextérité d'un Kovalev. Le garçon est épaté par ses nouvelles performances. Aujourd'hui, jouer au hockey lui procure une extase qui surpasse toutes ses expériences précédentes dans la pratique de ce sport.

La faiblesse, à l'origine de son séjour forcé à la maison, semble avoir soudainement disparu. Son père, pourtant excellent joueur, peine à le suivre. Mais il en rit. Il se souvient de ses jeunes années, alors qu'il était en possession de ce même équipement, et qu'il réalisait lui aussi les mêmes prouesses. Pendant un bon moment, le père et le fils s'amusent, tour à tour, à changer de position.

À l'attaque, Zack accomplit de petits miracles. À l'approche du but, il analyse toutes les possibilités et loge systématiquement le disque dans la plus petite ouverture. Il y parvient en déjouant son père ; soit il effectue une feinte, soit il soulève la rondelle pour la faire passer par-dessus les épaules de Marc ou entre ses jambières. Marquer devient un jeu d'enfant! En défense, il bloque tous les tirs de son père, qui semble épuisé. Rien ne passe! Les anciennes lames lui procurent une puissance incroyable, il manœuvre aussi vite de l'avant que de reculons. La glace semble fondre sous ses coups de patin. Comme gardien de but, il arrête tous les lancers de son père. Finalement, Zack décide de se concentrer sur son jeu d'attaquant le reste de la matinée. Il joue à cette position depuis toujours et il l'aime bien.

S'il veut conserver le secret de sa famille, Zack est conscient que lors de vrais matchs, l'utilisation de son équipement sera impossible. Son jeu, de niveau supérieur, éveillerait les soupçons. Mais rien ne l'empêchera, de temps à autre, d'être tour à tour le Rocket, Lafleur, Gretzky, Crosby et tous ces héros anciens ou actuels.

Tout à leur plaisir, le père et le fils ignorent que quelqu'un les observe depuis un certain temps.

Caché dans le bois, tout près du lac, se tient Nathan qui a encore manqué l'école ce matin. D'ailleurs, sa mère désespère : il semblait pourtant aller mieux depuis qu'il joue au hockey. Il parle davantage et sourit plus souvent, même s'il continue de sécher parfois ses cours. Que fait-il lorsqu'il n'est pas à l'école ? Le mystère demeure entier. Le directeur de l'école a téléphoné pour tenter de comprendre le comportement de Nathan, mais sans résultat. Il est inexplicable. Pour l'instant, les notes de cet élève doué se maintiennent malgré ses escapades, mais pour combien de temps ?

Depuis des mois, Nathan observe Zack évoluer sur la glace. Il a remarqué son talent. Mais à présent, ses prouesses relèvent de la magie ! Son camarade semble

posséder une puissance et une adresse sur-
naturelles. Il manie son bâton avec une telle
dextérité que les joueurs professionnels
passeraient pour des amateurs à côté de lui.
Nathan, curieux, se demande pourquoi
Zack, qui s'absente rarement, joue
aujourd'hui au hockey avec son père au lieu
d'aller à l'école. La nouvelle technique de
Zack attise la jalousie de Nathan. Le garçon
a tout pour lui : des habiletés à l'école et au
hockey, une foule d'amis, et surtout, un
père. Le sien a disparu sans explication.
Envahi par la tristesse, Nathan se jure de
découvrir le secret de son camarade, qui
semble en possession d'un talent exception-
nel. Il décide de continuer de les épier
jusqu'à la fin de la partie. Immobile depuis
plusieurs heures derrière un arbre, il commence à ressentir le froid, même si la tem-
pérature extérieure se situe légèrement au-
dessus des normes saisonnières.

À la fin de la matinée, Zack et son père
entendent leur estomac crier famine. Le
corps réclame son dû et il est l'heure de
rentrer. Le garçon doit aussi se reposer un
peu. Après tout, Hélène a recommandé à
son fils de rester à la maison parce qu'il

était malade : il ne faudrait pas que son rhume empire de manière inexpliquée. Il serait alors confiné à l'intérieur pour une journée de plus, et notre jeune héros ne souhaite qu'une chose : utiliser au plus tôt son nouvel équipement pour jouer avec ses amis, sans trop révéler ses nouveaux talents. Au moment où ils entrent dans la maison, le téléphone sonne. Marc se dépêche de répondre.

— Oui, allô ?

— Bonjour, chéri.

— Hélène !

— Tu as l'air essoufflé...

— J'ai couru pour décrocher l'appareil. J'étais en train de préparer le repas à la cuisine, déclare Marc, même si c'est un mensonge, et je ne voulais pas que Zack se réveille.

Il tourne son regard vers son fils, lui faisant signe de se taire. Ce dernier esquisse un sourire muet et se déshabille, le temps que son père finisse sa conversation avec sa mère.

— Comment va Zack ?

— Bien. Nous avons joué à quelques jeux de société, puis il est monté dormir le temps que je prépare à manger. Ah, et il ne fait plus de fièvre.

— Tu ne l'as pas envoyé dehors, j'espère ? demande Hélène, inquiète.

— Mais non... Par contre, s'il va mieux à son réveil, nous sortirons un peu. Tu sais, l'air n'a jamais tué personne ! Tiens, je l'entends qui descend l'escalier. Je te laisse, j'ai un repas à terminer.

— Mais, Marc...

— Je te prépare aussi quelque chose de bon pour ce soir, ajoute le père de Zack, qui cherche à atténuer son sentiment de culpabilité.

— Merci, chéri.

— Alors, ne t'inquiète pas. Je contrôle la situation. Zack est entre bonnes mains. À plus tard.

Marc raccroche, regarde son fils et tous deux éclatent de rire : le père jouit de ce moment de complicité et profite de cette mémorable journée où il a révélé la vérité à propos de sa famille. Il a menti, mais comment pouvait-il faire autrement ? Le secret ne doit pas être divulgué. Il se souvient encore du jour où il a reçu l'équipement des mains de son père, qui a dû, lui aussi, agir de la même manière envers sa femme.

Les deux complices prennent leur équipement détrempé et le déposent dehors, sous le porche, le temps qu'il s'égoutte un peu. Ils le rentreront plus tard pour le réchauffer avant de l'endosser de nouveau. Ils se dirigent ensuite vers la cuisine, riant et parlant des exploits réalisés sur la glace un peu plus tôt par Zack. Durant la préparation du repas, les deux joueurs continuent de parler du bâton et des patins magiques, et des prouesses de Marc à l'époque où il revêtait cet équipement.

Au menu, rien de bien compliqué : spaghettis à la viande et au jus de tomate. Un délice pour les papilles gustatives du duo qui, plus que tout au monde, veut retourner sur la glace pour s'amuser encore quelques heures avant le retour d'Hélène et de Zoé. Ils avalent donc le repas le plus rapidement possible, prenant quand même le temps de respirer entre deux bouchées, pour éviter de s'étouffer.

CHAPITRE 8

Le vol de l'équipement

Nathan, ayant aperçu Zack et son père rentrer dans la maison, quitte sa cachette et trouve refuge derrière un arbre, à une distance raisonnable de la demeure des Lachance. Il brûle d'envie de comprendre la cause des soudaines prouesses de son nouvel ami. Ne tenant plus en place, il s'apprête à s'approcher encore un peu plus, mais au même moment, Zack entrouvre la porte, dépose son équipement et celui de Marc, tout près de l'entrée, puis la referme aussitôt. Il distingue de loin le père et le fils à travers la fenêtre d'une pièce de la maison ; il s'agit sans doute de la cuisine.

Logique, pense Nathan, *ils doivent être affamés après avoir patiné aussi longtemps.* Piqué par la curiosité, le garçon s'avance discrètement ; il se dirige lentement vers les bruits étouffés provenant de l'intérieur sans prêter attention à l'équipement de Zack. Il entend le père et le fils qui manifestent bruyamment leur joie ; chaque éclat de rire augmente sa colère. *Décidément*, se dit-il avec un serrement au cœur, *ce garçon a vraiment tout ce que j'aimerais avoir*.

Même avec une oreille appuyée contre le mur, Nathan entend difficilement les mots prononcés par les occupants de la maison. Il saisit malgré tout quelques bribes de leur conversation. Apparemment, le soudain talent de Zack, ses extraordinaires feintes et sa vitesse observée un peu plus tôt sur la glace seraient dus à son équipement. Incroyable ! Le garçon doit ses prouesses à la magie ! Si celle-ci influence le jeu d'un garçon de cet âge, elle devrait bien faire la même chose pour lui...

Sans tenter d'en entendre davantage, le jeune espion revient sur ses pas et s'approche de l'entrée. Quelle n'est pas sa surprise de voir une vieille paire de patins et un bâton usé ! Pourtant, tout à l'heure, sur la glace, Zack semblait autrement équipé. À l'évidence, les patins ne peuvent pas appartenir au père, ils sont bien trop petits.

Sans penser à la gravité de son geste, Nathan ramasse les mystérieuses vieilleries. Il hésite un instant à prendre le chandail du Rocket, mais y renonce en se disant que s'il le porte, on l'accusera tout de suite du vol. Il le laisse donc là et se dirige à grandes enjambées vers le lac. Qu'importe le vol : il vient de subtiliser un équipement qui devrait l'aider à améliorer son jeu. Fier de lui, il veut l'essayer au plus tôt. Sera-t-il aussi bon que Zack? Il arrive à l'étang, près de la maison qu'il habite avec sa mère. Sur la glace de cette patinoire naturelle, le vent se charge à sa manière de balayer la neige, même s'il en laisse parfois une mince couche. Mais il en faudrait plus pour empêcher Nathan de s'entraîner avec son nouveau trésor...

Le jeune garçon enfile aussitôt les patins. Par chance, il a une rondelle dans la poche de son manteau : il a pris l'habitude d'en apporter une depuis qu'il a commencé à jouer avec l'équipe. Il peut jouer en tout temps et se servir du disque comme projectile si l'envie lui prend de faire mal à quelqu'un... Il le jette sur la glace, prend le bâton d'une main et patine sur l'eau gelée.

Il éprouve un vertige, mais surtout, il ressent un sentiment étrange. Faute d'avoir un but à sa portée pour vérifier ses habiletés, il en dessine un sur la neige ; trois vulgaires lignes feront l'affaire. De toute manière, avant de tester sa précision, il veut avant tout essayer son coup de patin. Il a vu Zack patiner à toute vitesse ce matin.

Il s'élance sur la glace, mais rien : il a beau accélérer, il n'atteint pas la rapidité escomptée. Il se sait moins bon patineur que Zack, mais ne comprend pas pourquoi le garçon a filé comme l'éclair en posant le pied sur la patinoire. L'équipement serait-il sans effet sur lui ? Refusant de se laisser envahir par le doute, il décide de s'entraîner à viser la cible pour tester ses habiletés. Après plusieurs essais, il rate la cible la plupart du temps. Il aimerait bien améliorer sa précision, même s'il joue d'habitude à la défense, car il réussit bien à cette position. Mais il préfèrerait être joueur avant, compter des buts en plus de se défouler et trouver sa place au sein de l'équipe. Ce serait une étape importante pour lui. Nathan ne parvient pas à s'expliquer la cause de ses échecs, et commence à être mécontent de son expérience. Il sent la colère monter en lui. Il vient de voler à Zack un équipement qui améliore considérablement le jeu de ce dernier, mais qui s'avère inefficace dans son cas. Il persiste, tente à plusieurs reprises de placer la rondelle dans le but, mais rien n'y fait : il rate immanquablement le filet. Nathan se sent désemparé, à tel point que, au bout de plusieurs minutes, après avoir manqué autant de chances de marquer qu'il y a de cristaux dans une boule de neige, il éprouve une fureur inconnue.

Sans s'en rendre compte, il serre fermement le manche de son bâton. Il a l'impression d'avoir les mains engourdies. Nathan s'élance et frappe la rondelle de toutes ses forces en direction du rivage. Il s'aperçoit alors, avec un brin d'effroi, de la formidable puissance de l'équipement. Son visage devient livide, mais un sourire malin s'y dessine immédiatement : ce petit diable commence à tout saisir.

L'équipement fait ressortir les talents prédominants de celui qui l'utilise. Bon défenseur pour son âge, Nathan ne possède pas d'habileté particulière, hormis une certaine puissance de tir, alimentée par sa colère.

Depuis la séparation de ses parents et son déménagement à Rocketville, le garçon éprouve une rage sans bornes, que l'équipement semble exploiter pour décupler sa puissance de frappe. Il s'approche lentement du rivage pour récupérer son projectile, puis éclate d'un rire méchant à la vue des ravages causés par la rondelle. Il compte ainsi trois arbres troués en plein milieu, et retrouve le disque quelques mètres plus loin ; des éclats de bois sont incrustés dans le caoutchouc. Nathan, en extase, oublie le froid jusqu'à ce que son euphorie se dissipe lentement.

Il décide de remettre ses patins ; nul besoin de pratiquer désormais. Il sait quoi faire à présent. Sur le chemin du retour, il imagine son avenir au sein de l'équipe : il bottera le derrière de tous ses opposants !

Il doit cacher l'équipement. Impossible de le rapporter chez lui. Si sa mère le voit, elle posera des questions auxquelles il lui

sera difficile de répondre. Il décide donc de l'entourer de son chandail et de l'ensevelir sous la neige, au pied d'un arbre, près de sa demeure, afin d'y avoir accès facilement. Si des soupçons pesaient sur lui, ils resteraient infondés, car toute fouille de la maison serait infructueuse. Quant à sa mère, il lui dira qu'il a perdu son chandail.

CHAPITRE 9

Le désespoir de Zack

Le repas terminé, Marc s'affaire à nettoyer la cuisine, pendant que Zack se dirige vers la porte d'entrée afin de récupérer son équipement et celui de son père. Ils pourront les enfiler de nouveau pour s'amuser encore quelques heures et ils auront tout le temps d'astiquer la maison avant le retour d'Hélène et de Zoé.

Marc a presque fini quand il entend un hurlement de désespoir ; il accourt aussitôt vers la porte et découvre son fils en larmes.

— T'es-tu fait mal ?

— Non, papa... mon équipement a disparu, mais pas le tien. C'est impossible, articule-t-il entre deux pleurs.

— Pourtant, tu l'avais déposé là tout à l'heure ! Où est-il passé ?

— Regarde... il y a des traces dans la neige, dit Zack en étouffant ses sanglots. Il s'agit peut-être des empreintes du voleur ?

— Fort possible.

— Si on les suivait, elles nous conduiraient sans doute jusqu'à lui. Qu'est-ce que tu en penses ?

— D'accord, mon gars. Habillons-nous vite et partons avant que le vent et les flocons de neige effacent les traces de pas.

Ils enfilent rapidement leur manteau, mettent leurs bottes et se lancent à la recherche de l'équipement ancestral. Cette journée, merveilleuse au départ, prend une tout autre tournure. Heureusement, Zack peut compter sur son père, ce qui le réconforte énormément. En observant les pas dans la neige, le père et le fils constatent qu'ils sont à peu près de la même grandeur que celles laissées par les bottes de Zack. Le cambrioleur serait donc un garçon de son âge ! Étant donné qu'ils n'aperçoivent qu'une empreinte, ils en déduisent que le malfaiteur a agi seul. Ils concluent qu'il s'agit probablement d'un vol improvisé : le chandail du Rocket est encore là, ainsi que l'équipement de Marc. Avec ces indices, le père et le fils poursuivent leur route. Le vent s'intensifie et commence à effacer les pas. Malgré cela, ils arrivent à l'étang gelé et ce qu'ils voient leur glace le sang. À la vue des arbres troués, ils devinent quel objet a pu les briser ainsi. La situation inquiète beaucoup Marc.

— Qu'est-ce que tu as ? demande Zack en voyant le visage de son père.

Perdu dans ses pensées, celui-ci reste muet.

— Papa ! insiste Zack.

— Oui, j'ai entendu ta question, mais je réfléchis. Nous allons peut-être au-devant de problèmes.

— Pourquoi ?

— Tu sais, mon petit homme, l'équipement que je t'ai donné a été utilisé uniquement pour décupler les talents des membres de notre famille. Comme nous avons toujours tous adoré le hockey, nous ne nous sommes jamais servis de notre colère ou de notre agressivité pour pratiquer ce sport. Mais les marques laissées par le voleur sont celles d'un jeune envahi par la fureur... J'ignore comment l'équipement va réagir et cela me tracasse.

— Qu'est-ce qui pourrait arriver, papa ? Le sais-tu ?

— Pas vraiment, mais je connais quelqu'un qui pourrait nous aider et nous allons lui en parler tout de suite. Allez, rentrons.

— Regarde, papa. Je vois encore des traces dans cette direction, dit-il en montrant l'est du doigt. Elles semblent mener tout droit du côté de...

— Oui, vers où ? Dis-moi.

— Eh bien, chez quelqu'un que je connais. Et ce garçon-là, quand il joue au hockey, rudoie l'adversaire. Sans compter qu'il fait souvent preuve de colère.

— Et tu penses qu'il aurait pu dérober l'équipement ?

— Possible. Il manque souvent l'école, il pourrait bien avoir rôdé par ici.

— De qui s'agit-il donc ?

— De Nathan, le nouveau.

— Celui que tu as convaincu de jouer au hockey ?

— Exactement. Nous pourrions aller lui rendre visite et lui poser la question ?

— Pas maintenant. Il serait malvenu de l'accuser d'un acte sans avoir la preuve de sa culpabilité. Voudrais-tu qu'on s'en prenne à toi injustement ?

— Non, mais je suis sûr que c'est lui le coupable !

— Oui, je sais. Viens, il nous faut avant tout passer un ou deux coups de téléphone.

Sur ces paroles, ils font demi-tour. Plusieurs sentiments envahissent Zack. Il se sent en colère : quelqu'un a eu l'audace de lui voler son précieux équipement. Il est triste aussi, parce qu'il n'a pas su protéger son héritage. Il se sent anxieux devant l'inquiétude de son père. Mais, il est surtout déçu de constater que son nouvel ami, qu'il a tant voulu intégrer à la bande, puisse se conduire de la sorte. Il ne veut pas accuser injustement Nathan, mais tout semble indiquer qu'il est coupable. Qu'est-ce qui peut pousser un garçon de son âge à agir ainsi ? Comme lui seul sait le faire, son père le tire de ses pensées : il prend une poignée de neige, la façonne en boule entre ses mains et la défait doucement au-dessus de la tête de son fils.

— Ne t'en fais pas. Nous retrouverons ton équipement. J'ignore pourquoi, mais j'en ai le pressentiment. Et puis, te fâcher ou t'attrister ne mènera à rien. Maintenant, d'ici à la maison, bagarre de boules de neige ! Prêt ?

Le père et le fils se bombardent mutuellement en riant aux éclats. Dans ces moments-là, Zack se rend compte à quel point il a de la chance d'avoir un père comme le sien.

CHAPITRE 10

Grand-papa
à la rescousse

En arrivant à la maison, ils enlèvent rapidement leur manteau. Marc se rue alors sur le téléphone et compose un numéro.

— Salut, comment vas-tu? Je voulais juste te dire que ce matin, j'ai transmis l'équipement à ton petit-fils... Oui, il était très content.

Même sans entendre la voix de l'interlocuteur au bout du fil, Zack devine qu'il s'agit de son grand-père.

— Nous avons un problème, poursuit Marc. En fait, nous l'avons essayé ce matin et tout allait bien... Oui, il a très bien fonctionné. Si tu l'avais vu patiner, tu aurais été vraiment fier... Le problème? Eh bien, nous sommes rentrés prendre une bouchée et lorsque nous sommes ressortis, l'équipement avait disparu. Nous avons suivi les empreintes dans la neige, jusqu'à un étang gelé pas très loin d'ici. Et là, nous avons vu des arbres troués... Oui, troués, répète Marc. Que fait-on ? ajoute-t-il sans laisser à son père le temps de répondre. Ton petit-fils soupçonne un garçon nouvellement arrivé à Rocketville, mais je voudrais surtout éviter de l'accuser sans fondement... D'accord, nous t'attendons... Dépêche-toi, s'il te plaît, j'aimerais trouver une solution avant le retour d'Hélène et de Zoé. À tout de suite, papa, et merci.

Marc raccroche le combiné : il se tourne vers le regard interrogateur de son fils, puis lui sourit.

— Alors ?

— Grand-papa Jean-Roch arrive ; il sera là dans quelques minutes. Il a l'air d'avoir une idée en tête. En attendant, laisse-moi appeler quelqu'un d'autre. Il compose le numéro et s'adresse à la personne au bout du fil.

— Bonjour, je suis Marc Lachance, le père de Zack. J'ai besoin d'une information mais j'ignore si vous avez le droit de me la transmettre. En fait, je voudrais savoir si Nathan était présent à l'école ce matin...

— Oui, je comprends... Par contre, pourriez-vous me donner le numéro de téléphone de sa mère au travail et à la maison, s'il vous plaît?

Marc prend un papier et un crayon pour y noter l'information.

— Merci et à bientôt.

Marc s'adresse à son fils sur un ton rassurant :

— Pour le moment, nous ne pouvons rien faire de plus. Si nous buvions un petit quelque chose?

— Tu sais, papa, je n'en ai pas vraiment envie.

Désemparé, Zack a besoin d'un peu de réconfort. Il se blottit dans les bras de son père. Qui, mieux que lui, pourrait lui redonner courage?

— Sois sans crainte. Grand-papa trouvera certainement une solution.

— Comment le sais-tu?

— Mon père a toujours su régler les problèmes d'une main de maître, avec calme. J'ai souvent compté sur lui dans bien des situations. Il m'a rarement déçu, tu sais. Je doute qu'après tant d'années, il en soit autrement.

La porte s'ouvre soudain pour laisser entrer un grand-père souriant. Il ouvre grand les bras et Zack, oubliant momentanément sa tristesse, se dirige vers le vieil homme.

— Comme je suis content de te voir!

— Moi aussi, mon grand. Bonjour, dit Jean-Roch, en s'adressant à Marc.

Ce dernier le salue d'un hochement de tête.

— Alors, fils, quel est le problème?

— Comme je te l'ai expliqué au téléphone, l'équipement de hockey a été volé.

— Hum... Je crois que la solution se trouve au grenier.

— Au grenier? s'écrient en chœur Zack et son père. L'instant de surprise passé, Marc ajoute :

— Ne perdons pas de temps, montons!

— Une minute! Laissez-moi enlever mes bottes et mon manteau. Je ne voudrais pas faire de dégâts dans la maison...

L'arrivée de grand-papa Jean-Roch a apaisé Zack. Malgré la disparition de l'équipement, son grand-père ne manifeste aucune colère. Quel soulagement ! L'homme devine les sentiments de son petit-fils, comme s'il lisait dans ses pensées.

— Ne t'en veux pas, mon grand. Un bien hors du commun, comme ton équipement, suscite parfois l'envie et la jalousie. Mais rassure-toi, nous allons le récupérer. Quelqu'un t'a volé des objets de grande valeur, mais tu possèdes quelque chose de plus précieux encore...

— Qu'est-ce que c'est ?

— Ton amour pour le hockey ! Sans compter que tu es un bon petit gars, toujours prêt à aider les autres. Et les bons petits gars finissent toujours par gagner, d'une manière ou d'une autre.

Arrivés au grenier, les représentants des trois générations se dirigent immédiatement vers l'armoire. Comme Marc s'apprête à l'ouvrir, Jean-Roch bloque les battants de sa main. En réponse au regard interrogateur de son fils, il ajoute :

— Zack, il te faut savoir... Quelqu'un a connu une mésaventure semblable à la tienne il y a plusieurs années.

— Qui ça?

— Oui, qui donc s'est fait voler l'équipement? demande Marc, intrigué.

— Quelqu'un qui est gêné d'en parler... Moi!

— Toi?

Jean-Roch hoche la tête.

— Tu veux bien nous raconter l'histoire, grand-papa? reprend Zack, tout à fait soulagé par ce qu'il vient d'entendre.

— Certainement!

Les deux plus jeunes s'assoient en tailleur sur le sol, puis mettent leurs mains sous leur menton, prêts à écouter l'histoire que l'aïeul s'apprête à leur raconter. Marc éprouve la même nervosité que lorsqu'il avait neuf ou dix ans. Il a hâte de savoir comment son père a réussi à s'en sortir. Le récit les éclairera peut-être sur la manière de régler ce problème. Qui aurait dit que Jean-Roch détenait un tel secret?

CHAPITRE 11

L'épopée de grand-papa

— Mon père m'a transmis l'équipement le jour de mes dix ans. À l'époque, notre famille possédait peu de choses. Je devais donc travailler pour aider mes parents, ce qui limitait mon temps de jeu. Il m'arrivait parfois d'envier les jeunes du village plus fortunés que moi. Le fait de recevoir ce magnifique cadeau représentait à mes yeux une chance incroyable. J'avais enfin quelque chose rien qu'à moi, et de plus, il s'agissait d'un trésor soi-disant magique. Après avoir regardé les autres avec envie, l'idée d'être à mon tour l'objet de convoitise me plaisait. J'en ai honte aujourd'hui, je l'avoue, mais ce jour-là, ces pensées occupaient mon esprit.

— Incroyable ! s'exclame Marc, médusé par les paroles de son père. Toi, tu enviais les autres ?

— Oui, mais tu fais bien d'utiliser ce verbe au passé, parce qu'après cet événement, je me suis promis de ne plus jamais jalouser quelqu'un de toute ma vie.

— Continue, grand-papa, s'il te plaît, dit Zack. Et toi, papa, arrête de l'interrompre.

Jean-Roch et son fils éclatent de rire au même moment : voir Zack aussi intéressé les rend immensément fiers de leur progéniture.

— Donc, j'ai reçu mon équipement. J'ai chaussé mes patins, empoigné mon bâton, et je me suis dirigé vers le lac. Je filais à la vitesse de l'éclair sur la glace et je marquais des buts incroyables. Mon père riait à gorge déployée en me regardant patiner et il vantait sans cesse ma rapidité et mon habileté. J'étais excessivement heureux, mais surtout, j'avais hâte au samedi suivant, afin de montrer mes prouesses à tous ceux que j'enviais... Ce jour est enfin arrivé. Je me préparais à aider mon père, lorsqu'il m'a pris par les épaules en me disant : « Prends congé aujourd'hui, fiston, et va jouer avec tes amis. Tu l'as bien mérité. Tu travailles bien. » Alors, n'en croyant pas mes oreilles, j'ai ramassé mon équipement et je suis parti en courant vers le village pour aller jouer avec mes camarades. J'étais tellement pressé que j'ai oublié de remercier mon père. Mais je l'entendais rire aux éclats derrière moi et je savais qu'il était content.

— Et comment l'as-tu perdu, l'équipement, grand-papa? demande Zack.

— J'y viens, fiston. Laisse-moi le temps! Lorsque j'ai rejoint mes amis sur la glace, ils ont d'abord été surpris de ma présence, car j'avais rarement le loisir de jouer avec eux. Ils ont eu l'air étonné de mon inhabituelle dextérité. Vous vous doutez bien de quoi je parle...

— Oh oui ! répondent en chœur Marc et Zack, dont le menton est de plus en plus endolori par la pression de leurs mains.

— Pour ma part, fier de posséder quelque chose qui faisait défaut à mes amis, soit le talent et la vitesse, je fanfaronnais sur la glace, cherchant le plus possible à les éblouir. Quand ils m'ont questionné à propos de mes soudaines habiletés, je n'ai pu résister et je leur ai révélé mon secret. L'envie, dans leurs yeux, me rendait profondément heureux et sûr de moi. Dangereux sentiment, croyez-moi. Je l'ai appris à mes dépens.

— Mais comment ? demande Marc, complètement incrédule.

— Raconte, grand-papa !

— Ce que vous êtes impatients, les enfants ! J'y viens. Intrigués par mes déclarations, mes amis m'ont posé plusieurs questions auxquelles j'ai répondu, sans m'inquiéter de savoir si j'en dévoilais trop. J'étais ravi d'être, pour une fois, le centre d'attention. J'ai dû mettre un terme à cette journée grisante, car il était temps de rentrer. Une fois à la maison, j'ai déposé mon équipement sous le porche avant de souper avec ma famille.

À l'heure du coucher, j'ai décrit à mon père l'émerveillement de mes amis. Il m'a demandé si j'avais parlé du secret et j'ai menti. Fatigué par le grand air et l'exercice physique, je me suis endormi, rêvant de mes exploits sur la glace, sans me soucier d'avoir révélé un secret et suscité l'envie chez mes camarades.

Jean-Roch marque un temps d'arrêt, comme si la suite de l'histoire défilait devant lui. Il semble gêné. Zack et Marc respectent son silence. Pour se donner du courage, le narrateur inspire un bon coup avant de poursuivre.

— J'ai passé une nuit formidable, sans doute la plus belle de ma vie. J'ai tellement compté de buts qu'à mon réveil, j'étais incapable de me remémorer chacun d'eux ni de prévoir les événements qui allaient survenir, dit-il, songeur, le sourire aux lèvres. Le lendemain, mon père m'a annoncé que je pouvais disposer de ma journée pour jouer, après la messe. J'étais aux anges ! Je me suis rué vers l'extérieur pour admirer de nouveau l'équipement auquel je vouais une adoration sans bornes. Je me suis aperçu qu'il avait disparu. J'avais sans doute trop parlé.

— Qu'as-tu fait ? demandent de nouveau Zack et Marc en chœur.

Jean-Roch éclate de rire : il a rarement vu autant de synchronisme chez deux personnes suspendues à ses lèvres. Il poursuit son histoire.

— J'étais inquiet de la réaction de mon père s'il apprenait que l'équipement avait disparu. J'ai placé des bûches de bois à l'endroit où se trouvait mon équipement. J'ai jeté une vieille couverture par-dessus. Je pourrais toujours prétendre que je voulais le protéger. Je suis monté dans ma chambre pour réfléchir à mon problème le temps qu'il me restait avant notre départ pour la cérémonie religieuse à l'église. J'y ai eu, je dois l'avouer, l'idée la plus rocambolesque de ma vie !

En riant, Jean-Roch pousse légèrement l'épaule de son fils. Surpris, Marc sursaute et, déstabilisé, roule sur le côté pris d'un fou rire incontrôlable. Zack s'esclaffe à son tour. Ce moment d'hilarité provoque des larmes de joie sur les joues des trois compères.

CHAPITRE 12

Grand-papa
se fait mystérieux

Le calme revenu, Jean-Roch entreprend la narration de la suite de son récit.

— J'avais peu de temps devant moi pour trouver une solution. Je me croyais perdu : avouer la vérité à mon père reviendrait à signer mon arrêt de mort. J'ai eu alors une idée loufoque. J'avais un sifflet qui sifflotait plus qu'il ne sifflait. En le regardant, je me suis dit : si mon arrière-grand-père a rendu un équipement de hockey magique en formulant une demande, je peux, après tout, ensorceler ce sifflet. Il me suffirait de souffler dedans pour que l'équipement fasse ce que je lui ordonne, par la pensée. Plein d'espoir, j'ai levé l'objet au-dessus de ma tête en signe de soumission et j'ai formulé mon souhait. Un simple coup de tonnerre ou un éclair traversant ma chambre aurait suffi à me convaincre que mon vœu était exaucé. Malheureusement, mon appel a semblé sans effet. Au bord du désespoir, j'ai suivi mes parents à la messe dominicale...

Jean-Roch se relève et s'approche de l'armoire. Il se met sur la pointe des pieds, passe sa main dans la poussière accumulée sur l'étagère supérieure et y trouve ledit sifflet. Il l'approche de son visage et ses yeux deviennent un instant songeurs.

— Et si nous descendions? reprend-il d'un ton anodin. Je crois bien que mes reins ont besoin d'un fauteuil plus confortable.

— Mais grand-papa, comment finit ta mésaventure? demande son petit-fils.

La question demeure sans réponse, son grand-père ayant déjà quitté le grenier. Zack et Marc, abasourdis, sont contraints de le suivre.

Les trois générations étant réunies au salon, Zack insiste de nouveau :

— Que s'est-il donc passé? Le sifflet a-t-il fonctionné?

— Comment as-tu récupéré l'équipement? l'interroge Marc à son tour. Et tes amis qui étaient au courant...

— Oh là là, ne vous emballez pas! Peu importe la fin de mon histoire. Nous devons surtout nous préoccuper des événements d'aujourd'hui. Je vais vous expliquer le fonctionnement de mon sifflet et nous allons bien nous amuser... Peut-être même plus que vous ne le pensez.

Il fait alors signe à son fils et à son petit-fils d'approcher afin de mettre au point un plan qui fera du samedi suivant une journée dont on parlera probablement fort longtemps à Rocketville.

CHAPITRE 13

Retour de congé
de maladie

Le lendemain, Hélène constate avec soulagement que son fils va mieux. Pourtant, à son retour du travail, elle l'avait trouvé étrangement fatigué, comme après un match de hockey. Au moins, la veille, il s'était couché tôt, et aujourd'hui, il peut retourner à l'école. Tout rentre dans l'ordre. Ou presque.

Hélène ignore tout de l'histoire qui se trame en ce jeudi matin, et ne sait rien de la visite de son beau-père. Toute la famille se prépare à partir, les plus jeunes pour l'école, les plus vieux pour le bureau. Marc prend son fils à part et lui rappelle discrètement la discussion de la veille avec leur aïeul : le plan à exécuter. Zack fait signe de la tête qu'il a compris et que tout ira bien. Ils s'en reparleront ce soir. Zoé, pour sa part, agacée de voir son père confier un secret à son grand frère, esquisse une moue. Elle s'approche de lui pour réclamer aussitôt un entretien privé.

— Papa, pourquoi as-tu des secrets avec Zack et pas avec moi ? Ce n'est pas juste.

— Mais non, ma belle, j'ai aussi un secret pour toi. Approche ton oreille.

Il lui chuchote quelque chose et lui demande de garder le silence sur le sujet. Alors, incapable de retenir sa joie, Zoé gambade jusqu'à son frère, le regarde du haut de ses jeunes années et déclare sur un ton de défi :

— Moi aussi j'ai un secret et tu ne le sauras pas !

— Pas de problème, Zoé, tu peux le garder.

— Quoi ? Tu ne veux même pas savoir que papa m'a dit que c'était moi la plus belle et la plus fine ? réplique-t-elle sur un ton indigné. Tu es méchant !

Maman ! crie-t-elle en s'éloignant. Maman, Zack ne veut pas savoir que c'est moi la plus belle...

Marc et Zack s'esclaffent. Hélène rit, ne sachant pas ce qui se trame, heureuse de voir que son amoureux et son fils sont complices. Zack se rend donc à l'école ; il joue avec ses amis jusqu'à ce que la cloche annonce le début des cours. Lorsque tous les élèves sont assis à leur pupitre, il prend son professeur à part et lui chuchote quelque chose à l'oreille. Ce dernier acquiesce de la tête et réclame le silence. Zack a une annonce à faire.

— Cette fin de semaine, nous n'avons ni match officiel ni entraînement. Alors, pour ceux que ça intéresse, mon père et moi avons décidé d'organiser une partie de hockey sur l'étang derrière la maison, samedi à dix heures. Nous servirons le repas du midi. Vous n'avez rien à apporter, à part votre bonne humeur et votre équipement, bien sûr. Ce serait chouette que toute l'équipe y soit. De plus, mon grand-père a offert d'arbitrer le match pour le rendre plus officiel. J'attends votre confirmation ce soir afin de planifier les préparatifs.

William se lève et prend la parole à son tour.

— Je crois que je parle au nom de tous en disant que tu peux compter sur nous. Nous ne manquerions pas cette partie pour tout l'or du monde ! N'est-ce pas ? dit-il en s'adressant au reste de la classe.

Tous les étudiants lèvent la main en guise d'approbation. Même Nathan accepte l'invitation, après avoir hésité un instant. Perdu dans ses pensées, un sourire se dessine, encore une fois, à la commissure de ses lèvres. L'équipement fera tout le travail : il sera le meilleur, c'est certain. Au pire, il se promet de s'en prendre à quelques joueurs.

Au même moment, Zack sourit, mais pour des raisons différentes : jusque-là, sa manigance se déroule comme prévu. Le professeur commence la leçon et les élèves s'absorbent dans leur cahier. Comme à l'accoutumée, à la fin de la classe, les amis se ruent vers la cour pour jouer au hockey.

Nathan accroche Zack par une manche de son anorak :

— Comment vas-tu aujourd'hui ?

— Bien, merci. Et toi ?

— Pas trop mal. Je dirais même que tout va à merveille.

— Ça me fait plaisir. Tu viens jouer samedi, j'espère.

— Compte sur moi, répond le garçon en souriant. Je ne raterais cette journée sous aucun prétexte.

— Moi aussi, j'ai hâte. Je suis persuadé que nous n'oublierons pas cette partie de sitôt.

— Sûrement...

Nathan laisse sa phrase en suspens et part. Il a du mal à comprendre pourquoi Zack se sent si bien. Il devrait pourtant être démoli par la perte de son équipement... Peu importe! En ce qui le concerne, il sera le meilleur lors du match. Tous les coéquipiers détourneront leur regard de Zack pour le poser sur lui et admirer ses prouesses. Pour une fois, il sera le champion et aura beaucoup d'amis. Si l'équipement venait à défaillir, il se défoulerait sur les autres joueurs. Nathan s'éloigne de l'école un peu mal à l'aise, mais il ignore pourquoi...

CHAPITRE 14

Nathan à l'entraînement

Arrivé à la maison, Nathan informe sa mère du match de samedi chez les Lachance. Il lui demande s'il peut aller s'entraîner sur la glace en attendant le souper, afin d'être à la hauteur. Sandra, très émue de voir que son fils reprend goût à la vie, l'encourage vivement. Elle propose même de lui préparer un sandwich, ce qui lui laissera plus de temps pour s'exercer. Nathan se précipite à l'extérieur pour sortir de sa cachette l'équipement volé, puis se dirige vers l'étang. Dans son excitation, il ne remarque pas les traces de pas dans la neige, ni que Zack l'observe, caché un peu plus loin. Ce dernier connaît maintenant l'identité du voleur. Il rebrousse chemin afin d'avertir son père et son grand-père de mettre la deuxième phase du plan en marche...

Quant à Nathan, il travaille à la fois ses lancers et son coup de patin sur la glace. Il trace, tout comme la journée précédente, trois lignes sur le sol glacé, qui feront office de but. Il met toute son énergie à patiner le plus rapidement possible de l'avant vers l'arrière, recommence des centaines de fois les S qu'il dessine sur la glace tout en maniant son bâton. Malheureusement, ses disques passent tous à côté de la cible. Sur le point de s'enrager une fois de plus devant son incompétence, il aperçoit sa mère qui le rejoint, un panier à la main. Elle lui apporte le repas fraîchement préparé.

— Ce que tu es doué !

Selon son habitude, Nathan aurait déchargé sa colère sur elle, mais curieusement, il la remercie.

— Inutile. Je te félicite en toute sincérité. J'ai l'impression d'avoir rencontré quelqu'un au talent semblable...

— Qui donc ? demande Nathan, curieux.

— Je revois ton père. Il adorait jouer au hockey.

Sandra déballe le repas. Elle regarde son fils.

— Si tu le permets, je mangerai avec toi. Comme tu vois, j'en ai fait pour deux.

Je me suis habillée chaudement pour regarder ton entraînement. Ensuite, nous retournerons à la maison. J'ai certaines choses à te raconter... je devines les questions qui te tracassent.

— Mangeons, si tu veux, mais après, je me sentirai plus à l'aise de m'entraîner seul. Tu pourras venir à la partie de samedi.

Nathan et Sandra s'installent sur la neige et mordent dans leur sandwich en bavardant. Le fils trouve les propos de sa mère peu intéressants, mais la voir heureuse lui procure de la joie. Un sentiment dont il se passerait bien. Il se dit que s'il mange rapidement, sa mère s'en ira et il pourra passer sa colère qui diminue au fil du temps passé avec sa maman.

Le repas terminé, la mère de Nathan part à regret, mais se réjouit tout de même à l'idée d'avoir réussi à percer la carapace de son fils, qu'il s'est forgée depuis le départ de son père. Oui, Éric et elle ont conclu un pacte : ils informeront Nathan plus tard de la raison de cette séparation.

Nathan aborde plus sereinement la reprise de son entraînement, sans doute grâce à l'effet positif de sa mère. Mais il perd rapidement son calme, incapable de trouver un moyen d'améliorer sa technique. Il semble que ce bâton et ces patins soient totalement inefficaces. S'ils rendent Zack meilleur, ils ont sur lui l'effet contraire. À cette pensée, la rage s'empare de lui et, sans s'en rendre compte, il frappe la rondelle de toutes ses forces. Il suit des yeux sa trajectoire et comprend trop tard dans quelle direction elle se dirige à toute allure. Il hurle alors à pleins poumons :

— Non ! Maman !

Sandra, alertée par le cri de son fils, tourne la tête et aperçoit, horrifiée, le disque qui vient vers elle, comme un boulet de canon. Elle a déjà vu des lancers puissants, mais comme celui-ci, jamais ! Elle reste figée sur place, ses jambes refusent de bouger, comme si elles étaient prisonnières sous une tonne de neige. Elle sent la rondelle lui frôler le visage. Soulagée, elle la voit s'écraser au sol et creuser un énorme trou, comme si elle faisait fondre la neige à son contact. Les patins aux pieds, Nathan accourt aussitôt. Il halète et pleure en même temps.

— Maman! Maman! Est-ce que ça va? Si tu savais comme je suis désolé. Je ne voulais surtout pas...

— Ça va, dit-elle, un peu ébranlée. Rassure-toi. Est-ce toi qui viens de frapper la rondelle? demande-t-elle, incrédule.

— Oui, j'étais fâché... je n'arrivais pas à contrôler mes feintes et mes tirs et aussi parce que mon équipement...

Sandra l'interrompt en le prenant dans ses bras.

— Je n'ai rien. Viens, il vaut mieux rentrer. Il s'agit d'un incident sans conséquence.

— Bon, alors je ramasse mes affaires et je te rejoins à la maison.

— Laisse ton équipement, tu t'en occuperas plus tard.

— Je préfère le ranger maintenant.

Nathan repart vers le lac. Sa mère, quant à elle, poursuit son chemin jusqu'à la maison, encore sous le choc. Le dos tourné, Nathan pleure toutes les larmes de son corps : il s'en veut. Il aurait pu blesser gravement sa mère. Il commence à regretter amèrement d'avoir volé les patins et le bâton de Zack.

Alors qu'il se déchausse, il pense sérieusement à rendre l'équipement à son propriétaire, mais tout le monde le traiterait de voleur. Il veut à tout prix éviter une pareille humiliation et décide de cacher de nouveau le trésor maudit, en espérant que la nuit lui portera conseil. Demain matin, peut-être aura-t-il trouvé le moyen de s'en sortir. Par la fenêtre, il aperçoit sa mère qui s'active à l'intérieur. Avant de tourner la poignée de la porte, il essuie ses larmes à moitié gelées sur ses joues glacées. Sandra l'accueille en le serrant très fort dans ses bras.

— Monte, je t'ai fait couler un bain pour te réchauffer.

Nathan la remercie et se dirige vers la salle de bain pour se glisser dans l'eau chaude et noyer sa tristesse sous une montagne de mousse blanche.

CHAPITRE 15

Dernière journée
avant le match

Zack se réveille tôt le lendemain matin. Son père cogne doucement à la porte de sa chambre avant d'entrer et referme derrière lui.

— Salut, fiston. As-tu passé une bonne nuit ?

— Oui, j'ai rêvé à notre match de samedi, dit Zack en souriant.

— Moi aussi. Mais tu sais, il ne faut pas trop en vouloir à Nathan.

—Tu as raison. Il a l'air tout le temps malheureux. C'est peut-être pour cette raison qu'il agit bizarrement.

— Probablement, répond Marc, pensif.

— Dis, papa, penses-tu que nous pourrions modifier notre plan ? Je veux bien récupérer l'équipement comme prévu, mais sans que tout le monde apprenne ce qui s'est passé... Nathan doit comprendre qu'il a fait une erreur, rien de plus.

— Je pense la même chose, fiston. Tu sais, je suis très fier de toi. Je vais appeler grand-papa et lui recommander de changer légèrement le programme.

— J'ai vraiment hâte. Je me demande comment la partie va se dérouler.

Marc ébouriffe les cheveux de Zack puis se dirige vers la sortie. Au moment d'ouvrir la porte, il entend Zoé qui se plaint, de l'autre côté.

— Maman! Papa a encore des secrets avec Zack et pas avec moi!

Père et fils éclatent de rire au même moment. Décidément, la petite curieuse jalouse un peu trop son grand frère. Et l'envie a été la source de suffisamment d'ennuis! Zoé aura besoin qu'on lui fasse quelques remontrances...

Comme tous les matins chez les Lachance, après avoir pris le petit déjeuner, tout le monde se souhaite une bonne journée avant de se séparer. Zack part à pied en direction de l'école. Il y rencontre

William et Laurier, les deux autres membres du trio. La conversation tourne autour du match du lendemain : tous les élèves ont accepté l'invitation et la journée promet d'être formidable. Ils sont tous très impatients de jouer ensemble.

Nathan, de son côté, fatigué par les émotions ressenties, a rapidement trouvé le sommeil après son bain. À son réveil, la nuit lui a effectivement porté conseil, comme il l'avait souhaité. Il sait qu'il doit avouer son crime à Zack et se faire pardonner. Il a conscience du tort qu'il a causé autour de lui, plus particulièrement à Sandra, sa mère, et à son ami Zack. Il espère rencontrer ce dernier en se rendant à l'école. Ce qui se produit.

Malheureusement, arrivé à la hauteur du garçon, ses jambes se dérobent sous lui et il manque de courage. Il salue tout de même les gars, mais accélère le pas. Il entend bien William, Laurier et Zack lui crier de marcher avec eux jusqu'à l'école, mais la honte qu'il ressent l'empêche de se joindre à eux. Il éprouve de la gêne. Les autres garçons s'efforcent de l'intégrer au groupe, mais il a été si indifférent à leur égard. Il marche tête baissée, enfonçant ses deux mains dans ses poches. Toute la journée, il essaie de trouver le courage de parler à Zack, mais en vain. Chaque fois qu'il ouvre la bouche, la voix lui manque ou il sent les larmes lui mouiller les yeux. Zack, lui, fait comme si de rien n'était : il voit les efforts de Nathan, mais ne veut rien bousculer. Demain, tout sera réglé pour le mieux. Tout vient à point à qui sait attendre...

***

Le soir venu, Zack et son père mettent Hélène au courant de leur intention d'organiser, le lendemain, un match amical qui aura lieu sur le lac situé derrière la maison. Étonnée de ne pas en avoir été informée plus tôt, elle se radoucit en apprenant que son mari et son fils s'occuperont de tout préparer avec Jean-Roch, y compris la nourriture! « Il te suffira d'apprécier le spectacle », lui disent-ils. Elle accepte avec plaisir. La soirée se déroule comme d'habitude, mis à part un coup de téléphone qui préoccupe les pensées de Marc durant toute la veillée. Père et fils trépignent d'impatience ; Zoé et sa mère trouvent bien étrange qu'une partie de hockey provoque un tel remue-ménage. Toute la famille se couche tôt. Malgré son impatience, Zack dort toute la nuit à poings fermés...

***

Au retour de l'école, Nathan a un air piteux. Sa mère s'en inquiète, mais le garçon se sent incapable de lui parler. Il se jette plutôt dans ses bras et fond en larmes. Une fois ses pleurs calmés, il raconte son histoire par bribes. Il a peur qu'elle ne l'aime plus ou qu'elle ne veuille plus de lui et admet avoir volé l'équipement de Zack par jalousie. Son ami a un père, alors que le sien a disparu. Malgré tout, il a voulu réparer son erreur en avouant la vérité à son camarade de classe, mais il n'y est pas parvenu.

Sandra prend Nathan dans ses bras :

— Je t'aime plus que tout au monde. Tu es mon seul et unique fils et rien ne pourra changer ça.

Ces paroles réconfortantes font pleurer le fils de soulagement.

— Par contre, lui dit sa mère, nous devrons réparer ta faute demain. Nous aviserons pour la suite.

Nathan interroge sa mère sur les raisons qui l'on poussée à se séparer de son mari et sur les causes du silence de celui-ci.

— Il y a des questions auxquelles je ne peux pas répondre tout de suite. Je comprends que tu aies besoin de savoir pourquoi ton père et moi, nous nous sommes séparés, mais j'ai fait une promesse. Je te demande juste d'être encore un peu patient. Les réponses pourraient même te surprendre...

Nathan décide d'aller au lit tôt, fatigué d'avoir pleuré. Il éprouve un certain soulagement d'avoir avoué la vérité à sa mère, mais il s'inquiète de la réaction que provoqueront ses aveux le lendemain. Il s'endort dès qu'il pose la tête sur l'oreiller. Aussi n'entend-il pas sa mère parler au téléphone, un peu plus tard dans la soirée.

CHAPITRE 16

Le jour tant attendu

Le soleil brille faiblement à travers le ciel voilé. En ce samedi matin, une journée d'hiver presque parfaite, douce et sans vent, les jeunes joueurs de hockey sont prêts. Ils pourront s'amuser longtemps sur le lac sans prendre froid. Zack et Nathan se réveillent aux aurores, mais pour des raisons différentes. Chez les Lachance, tout le monde s'active. Arrivé de bonne heure, le grand-père de Zack met lui aussi la main aux derniers préparatifs. Hélène s'affaire dans la cuisine, ravie de voir son fils et son mari aussi heureux. Jean-Roch et Marc s'éclipsent discrètement, mais dans l'agitation générale, personne ne s'en aperçoit.

Au bout d'un moment, cependant, le garçon se rend compte de leur absence et se met à les chercher. Arrivé devant la trappe ouverte menant à l'entretoit, il se demande ce que son père et son grand-père peuvent bien faire dans le grenier. Il se décide à monter pour leur parler, lorsqu'il les voit redescendre par l'échelle. Apercevant des larmes sur le visage pourtant radieux de son grand-père, Zack s'apprête à lui poser quelques questions, mais celui-ci le prend par les épaules :

— Cette journée sera magnifique, au-delà de toute espérance, mon garçon.

Il s'éloigne aussitôt en gambadant et en chantonnant, sans laisser le temps à son petit-fils d'ajouter le moindre mot. Zack se tourne alors vers son père qui, bizarrement, a le même air absent que son aïeul. Marc caresse doucement les cheveux de son fils, qui est sur le point d'ouvrir la bouche ; le père, se doutant de la question à venir, pose un doigt sur les lèvres de son garçon.

— Un peu de patience. Chaque chose en son temps. Tu comprendras bientôt. Pour l'instant, nous devons préparer un match mémorable ! Descendons au rez-de-chaussée.

Une heure plus tard, les enfants arrivent par petits groupes chez les Lachance, accompagnés de leurs parents, venus les encourager. Au fur et à mesure que les rangs grossissent, les cris de joie s'intensifient. Zack s'habille rapidement, fier de porter son chandail du Rocket pour accueillir tout ce monde. Nathan arrive le dernier. La mine basse et le teint blafard, il est le seul à ne pas pousser de cris de joie. Sa mère tient dans ses mains un deuxième équipement : les enfants la trouvent bien prévoyante. Le garçon s'approche de Zack dans l'intention de lui remettre sa paire de patins et son bâton. Au même moment, Marc arrive, salue Sandra et s'adresse à tous les joueurs :

— La partie va commencer d'ici une trentaine de minutes. Nous avons l'arbitre, mais nous aurions besoin de juges de lignes. Mettez-vous d'accord avec vos parents. Nous avons un dernier détail à régler, notamment avec Sandra, avant d'être fin prêts. Amusez-vous en attendant !

Marc se tourne alors vers Nathan.

— Garde ton équipement, tu en auras besoin pour jouer. Il ne fallait pas en apporter deux, ce n'était pas nécessaire...

Sous les yeux étonnés de Zack et de Nathan, il prie ensuite Sandra de le suivre à l'intérieur. Qu'y a-t-il maintenant de si important pour qu'il lui parle en privé?

CHAPITRE 17

L'avant-match

Sandra se demande pourquoi Marc insiste tant pour la faire entrer dans la maison. Ils se sont déjà parlé hier au téléphone. Que peut-elle ajouter de plus ? Elle l'a déjà mis au courant du vol et des aveux de Nathan. Elle lui a également parlé de ses propres difficultés et de celles de son fils, sans doute à l'origine de ce geste. Elle entre au salon sur ses gardes pour y trouver Jean-Roch et Hélène et s'inquiète à l'idée de devoir se justifier devant eux. L'épouse de Marc lui demande poliment de s'asseoir, même si elle s'interroge sur la raison de la présence de Sandra. Devinant les pensées de sa femme, le père de Zack prend la parole :

— Je souhaitais que nous nous réunissions pour discuter de la partie un peu spéciale d'aujourd'hui. En fait, elle a lieu parce que Zack a été malade...

— Il a effectivement fait de la fièvre, l'interrompt Hélène, mais quel est le rapport ?

— Ton fils était fiévreux, mais aussi malade d'inquiétude !

— Ma chère belle-fille, poursuit Jean-Roch, ton fils était angoissé parce qu'on lui a volé son équipement de hockey.

— Mais je l'ai vu sous le porche d'entrée avec le chandail du Rocket que Marc lui a donné...

— Oui, en quelque sorte, mais pas vraiment... Peu importe. Sandra a téléphoné hier pour avouer le vol commis par son fils et autre chose aussi...

Cette fois, la mère de Nathan a l'impression de s'enfoncer dans les coussins du canapé sur lequel elle est assise. Elle avait pourtant demandé à Marc de garder le secret... Pourtant, son père semble au courant de tout. Les deux hommes ressentent le malaise éprouvé par Sandra et échangent un bref regard. Marc reprend la parole.

— Je devais avertir mon père, tu vas comprendre pourquoi dans quelques instants.

Il se tourne vers Hélène, au regard de plus en plus perdu. Ce dialogue sans queue ni tête la trouble. Comment va-t-elle réagir à ce qu'il s'apprête à lui avouer ? Il se jette à l'eau :

— Chérie, je t'ai toujours tout dit... ou presque. J'ai seulement omis de te dire que je ne suis pas enfant unique. J'ai un frère.

— Quoi ? s'écrie sa femme, abasourdie par la nouvelle.

— Nous avons eu deux fils, confesse cette fois Jean-Roch. Marc est né deux ans après... Éric ! Après une dispute, l'aîné a décidé de quitter la maison à dix-huit ans pour ne plus revenir.

— Oh, mon dieu, mon Éric ! s'exclame Sandra sous le choc.

— J'ai bien essayé de le retenir, lance l'homme d'âge mûr pour se justifier. Je lui ai promis que tout s'arrangerait, mais tu sais, dit-il en s'adressant à Sandra, Éric avait tout un caractère ; il refusait d'entendre raison.

— Mais vous auriez pu m'en parler ! lâche Hélène, choquée.

— J'ai fini par ne plus vouloir aborder ce sujet douloureux parce que je l'ai cherché en vain pendant des années, sans le retrouver... jusqu'à hier.

— Comment ? demande Sandra d'une voix étranglée en se levant du canapé. Pourquoi ne pas me l'avoir dit, Marc, quand j'ai téléphoné hier ?

— J'avais sans doute besoin de temps pour digérer la nouvelle. Je ne l'attendais plus depuis des années... Je suis désolé.

— Lorsque j'ai connu Éric, déclare Sandra, les yeux dans le vague, il jouait au hockey dans une petite ligue de garage. Une amie me l'a présenté et j'ai apprécié la compagnie de ce bel homme sportif et brillant. Nous sommes rapidement tombés amoureux l'un de l'autre. Nous nous sommes mariés quelques mois plus tard, même si je savais très peu de choses à son sujet. Il m'a juste dit qu'il n'avait aucune famille, qu'il était seul au monde. Je l'ai cru et je n'ai pas posé de questions. Nathan est né quelques années plus tard...

— Il est donc... balbutie Hélène.

— Le cousin de Zack, ajoute Sandra, sidérée par la nouvelle qu'elle vient d'apprendre.

Elle poursuit néanmoins son récit :

— Nous étions très heureux avec notre bébé. Éric a alors réalisé l'un de ses rêves : il a été accepté à l'École nationale de police. Une fois diplômé, il est rapidement monté en grade et a été muté à l'unité d'élite où il se consacre à des enquêtes, disons, plus secrètes... Nous avons alors conclu un pacte ridicule, avoue Sandra, la voix étranglée.

Marc et son père se rapprochent, prêts à la soutenir. Le grand-père tient plus fort son sifflet dans ses mains tremblantes.

— Éric m'a fait promettre que nous nous séparerions si on lui confiait une enquête susceptible de mettre sa famille en danger. Il voulait éviter qu'on nous prenne pour cibles. Notre sécurité devait passer en premier. J'ai cru peu probable qu'on l'affecte à un poste dangereux : j'ai donc donné ma parole sans en mesurer les conséquences. Au printemps dernier, on lui a confié une mission extrêmement périlleuse. Éric m'a alors rappelé ma promesse.

Sandra s'arrête, la gorge nouée par l'émotion. Des larmes coulent lentement sur ses joues.

— Est-ce que ça va? demande Jean-Roch.

Elle s'essuie le visage et reprend tant bien que mal son récit.

— Ça va aller, merci. J'ai voulu revenir sur ma promesse, mais c'était peine perdue. Vous connaissez le caractère d'Éric... je veux dire, votre fils.

En guise de réponse, monsieur Lachance père porte le sifflet à ses lèvres et émet un long sifflement. Sandra trouve ce geste curieux, mais en matière d'émotion, chacun réagit à sa façon. Comment pourrait-elle juger de l'attitude de ce monsieur qu'elle connaît à peine? Il l'entoure cependant d'un bras paternel. Elle reprend.

— Nous nous sommes séparés comme convenu. J'ai décidé de quitter la ville, car tout rappelait son père à Nathan. J'ai cherché où m'installer et j'ai découvert votre village. Rocketville! Ce nom évoquait le hockey et me rapprochait de la première passion de mon mari. J'ignorais qu'Éric avait vécu ici.

Un grincement se fait entendre dans l'escalier, étouffé par les cris de joie provenant de l'extérieur.

— En déménageant loin d'une grande agglomération, j'espérais voir Nathan reprendre goût à la vie, se défaire de la carapace dont il s'était entouré. Je voulais que mon fils prenne du mieux avant le retour de son père. Quand il a pris goût au hockey, j'ai eu l'impression de retrouver mon Éric. Puis, il y a eu ce vol... Et maintenant...

— Maintenant... dit une voix derrière Sandra.

Elle se retourne au son de cette voix familière et tant aimée qu'elle n'a pas entendue depuis une éternité.

— Maintenant, nous sommes tous là !

Sandra se jette au cou d'Éric. Marc, Hélène et Jean-Roch s'éclipsent discrètement pour laisser Éric et Sandra seuls. Plus tard viendront les explications sur l'arrivée mystérieuse d'Éric, et tout le monde aura le loisir d'apprendre à mieux se connaître. Au grand étonnement d'Hélène, son mari et son père s'habillent prestement : pour l'instant, il y a un match à jouer.

CHAPITRE 18

Un match mémorable

Une fois dehors, Marc et son père sonnent le rassemblement et tous les joueurs se regroupent en cercle.

— Les enfants, préparez-vous pour la partie. Enfilez vite vos patins, prenez votre bâton et dirigez-vous vers l'étang.

Marc ramasse le bâton de Nathan et le lui tend en disant :

— Mets ces patins qui ont l'air, ma foi, en bon état, et rejoins-nous sur la glace.

— Mais monsieur Lachance, ma mère et moi...

— Il n'y a pas de *mais* qui tienne, jeune homme. Le match va commencer.

Le père de Marc crie ensuite haut et fort :

— Les retardataires auront deux minutes de pénalité. Dépêchez-vous !

Énervés, les enfants attachent leurs lacets aussi vite que possible, parfois aidés par des adultes. Seul Nathan semble prendre son temps. Il cherche sa mère des yeux. Il la voit sortir de chez Zack, le visage radieux : il en déduit qu'elle a probablement tout réglé. On lui donne sans doute une occasion de se rattraper. Il sent alors l'amour du hockey naître en lui et s'apprête comme jamais à éblouir la galerie, mais cette fois, pour les bonnes raisons. Le grand-père de Zack s'avance au centre de la glace : il divise les équipes au hasard, et nomme ensuite son petit-fils, l'hôte de la partie, capitaine de son équipe. Nathan, le nouveau venu à Rocketville, est nommé capitaine de l'autre équipe. Il invite tous les joueurs à le rejoindre dans ce qui semble être le cercle de mise au jeu.

— Prêts ?

Les deux enfants répondent d'un « oui » retentissant.

— Soyez prévenus. Au coup de sifflet, le match commence. Je vous conseille de jouer pour le plaisir. Qui sait ce qui peut se produire ?

Jean-Roch se concentre et souffle très fort dans son sifflet. Comme par enchantement, le pantalon de neige de Nathan tombe soudain au sol, suivi de son jeans. Il perd son équilibre et tombe à la renverse, les quatre fers en l'air ! À la vue du caleçon du garçon, tout le monde s'esclaffe au même moment ! Renversé sur le dos, le capitaine sent, pendant un bref moment, la colère monter en lui, mais du coin de l'œil, il aperçoit sa mère glousser ; il se détend et pouffe de rire à son tour.

Zack l'aide à se relever et à remettre ses pantalons. L'arbitre reprend.

— Prêts pour la mise en jeu ?

Les garçons acquiescent de nouveau.

— Au coup de sifflet... Jouez avec passion !

Jean-Roch souffle à pleins poumons dans son objet magique. Les bras de Nathan se soulèvent dans les airs, ses mitaines sont éjectées de ses mains, sa tuque et son cache-cou s'envolent bien haut dans le ciel et, encore une fois, il perd l'équilibre. De nouveau surpris, il tombe à

la renverse. Le garçon se demande si l'équipement se moque de lui, le punissant d'une bien étrange façon ! Il ne cède pas à la colère, mais se met plutôt à rire. Cette fois encore, Zack tente de l'aider à se relever, mais y parvient difficilement tellement il rit. Laurier et William, jamais bien loin, lui rapportent les pièces de vêtements qui ont été transformées, l'espace d'un instant, en projectiles.

Persévérant, l'arbitre demande encore une fois si tout le monde est prêt pour la mise en jeu.

— Oui ! répond Zack.

— Oui ! hurlent tous les joueurs.

Nathan marque un temps d'hésitation.

— Je ne suis pas sûr, répond-il par une grimace comique en se grattant la tête.

Spectateurs et joueurs rient de bon cœur, soulagés de voir le malchanceux prendre si bien les choses. Les garçons commencent à se dire que, finalement, ils ne connaissent peut-être pas le vrai Nathan...

— Au coup de sifflet... Vous connaissez la suite...

Jean-Roch souffle très fort, mais rien ne se produit. Nathan s'était préparé au pire : il se tenait bien droit sur ses patins et tenait fermement son bâton. Il entend alors :

— Il ne lui arrive plus rien à ce joueur. Pourtant, il me faisait bien rire, moi !

Nathan reconnaît cette voix, mais il est surpris ; envahi par le doute, il reste cloué sur place. Pourtant, la voix familière se rapproche :

— Je veux le voir jouer, ce garçon. S'il patine aussi bien qu'il nous fait rire, nous allons avoir un bon match !

Cette fois, Nathan relève la tête : il aperçoit le visage souriant de son père, devant lui. Le garçon laisse tomber son bâton et se précipite dans ses bras, pleurant et criant :

— Papa ! Papa !

— Nathan, mon gars ! dit Éric en étreignant son fils, la larme à l'œil. Je te demande pardon. Je n'aurais pas dû partir comme ça...

Pendant que le père serre son fils à l'étouffer, l'émotion gagne l'assistance. Les spectateurs, témoins des touchantes retrouvailles familiales, gardent le silence. Au bout d'un instant, un concert d'applaudissements s'élève de la foule. Le nouvel arrivant relâche son étreinte, puis s'avance vers Zack et son grand-père.

— Papa, je voudrais te demander pardon à toi aussi pour toutes ces années sans nouvelles et pour t'avoir privé de ton petit-fils, dit Éric, la voix tremblante.

— Papa? s'écrient aussitôt en choeur Nathan et Zack.

Le silence revient. On entendrait une mouche voler.

— Oui, avoue Jean-Roch. Nathan, tu es mon petit-fils et le cousin de Zack. Mais nous vous expliquerons tout ça plus tard. Pour l'instant... Que ceux qui n'ont pas de patins aux pieds veuillent bien quitter la glace immédiatement. La partie va commencer. Au coup de sifflet... Et puis non, plus de coup de sifflet!

— Tu as raison, grand-papa, dit Zack. Jouons pour le plaisir!

L'arbitre laisse tomber la rondelle sur la glace et les joueurs s'élancent. Nathan gagne la première mise en jeu du match et passe immédiatement le disque à Laurier. Celui-ci s'élance vers le but adverse, mais le disque est intercepté par William qui le passe à l'un des joueurs de son équipe. Ce dernier le rate de peu et il atterrit dans un banc de neige... Pas le joueur, le disque, évidemment!

Un parent placé tout près du lieu où le projectile est tombé le ramasse et le relance sur la glace. La partie peut continuer. Nathan gagne de nouveau la deuxième mise au jeu. Cette fois, il récupère immédiatement la rondelle et se dirige rapidement vers le but. Il file à la vitesse de l'éclair et manie son bâton comme jamais. Étonnés, plusieurs joueurs se sont même arrêtés de patiner pour le regarder évoluer sur la glace. Arrivé à la hauteur du gardien, il le déjoue d'une feinte incroyable et marque un but sans aucune aide. Les parents, en délire, l'applaudissent. Nathan s'arrête ; il a du mal à le croire, mais l'équipement lui permet maintenant d'être plus talentueux. Éric, le coeur léger de voir son fils jouer au hockey, est heureux d'avoir retrouvé toute sa famille. Marc, lui, se réjouit du retour de son frère et pense à toutes ces années qu'ils auront à rattraper...

Zack rejoint rapidement Nathan.

— Dis donc, cousin, on dirait que l'équipement te reconnaît comme un membre de la famille !

— Dis-moi, tu savais ?

— Pour l'équipement, oui, mais pas pour notre lien de parenté.

— Viens, finissons notre match. Nous en reparlerons plus tard ; moi aussi j'ai des questions à te poser ! s'exclame Nathan.

Jean-Roch ramasse la rondelle et fait une nouvelle mise au jeu. Le match se poursuit. La première période se termine une quinzaine de minutes plus tard ; le pointage est de quatre à deux pour l'équipe de Nathan. Mais son cousin n'a pas dit son dernier mot. Pendant l'entracte, les parents préparent la glace pour la suite du match. Les enfants boivent un verre de jus à toute vitesse. Frottant leurs joues rougies par le grand air, Zack et Nathan se retirent quelques instants. Ils décident d'échanger discrètement d'équipement pour le deuxième affrontement. Ils ont à peine fini de lacer leurs patins que l'arbitre les rappelle au centre de la glace.

— Allez, à mon signal...

Ayant oublié le pouvoir du sifflet, Jean-Roch y souffle très fort en pensant à une chanson de sa jeunesse. Aussitôt, Zack commence à giguer sur place, incapable de contrôler ses pieds. Le grand-père éclate alors d'un rire franc, tout comme les gens massés sur la glace. Ils comprennent de moins en moins ce qui se passe, mais s'amusent beaucoup. L'arbitre hausse les épaules en signe d'impuissance, puis rassure son petit-fils ; il va s'efforcer de réfléchir avant d'utiliser son sifflet. Promesse tenue.

La deuxième période commence le plus normalement du monde, ou presque... Puisque Zack est un passionné du hockey, l'équipement fait naturellement ressortir son habileté. Les pirouettes de Nathan ont impressionné spectateurs et joueurs, mais le savoir-faire de Zack les renverse. La période prend fin sur un pointage final de six à cinq. Cette fois, les enfants se précipitent vers la maison pour prendre une collation, tandis que les parents préparent de nouveau la glace.

— Zack, l'équipement fait aussi des siennes avec toi ? As-tu fait toi aussi des bêtises ?

— Pas du tout ! Je t'expliquerai plus tard, nous disposons de peu de temps. Que fait-on pour la suite du jeu ? Faisons-nous moitié-moitié pour l'équipement ?

— D'accord, répond Nathan. Je prends les patins, toi, le bâton. Ça te va ?

— Bon, va alors me chercher mes patins pendant que je délace ceux-ci.

— Je reviens tout de suite. Je vais essayer de le faire en douce. De toute façon, je suis habitué aux mauvais coups, ajoute Nathan en riant.

— C'est vrai, répond son cousin. Allez, je t'attends.

Ils font l'échange de patins, puis Zack prend le bâton ancestral.

— Au centre pour la mise au jeu... Prêts ?

— Oui, crient les joueurs en chœur.

— Au coup de sifflet...

Les deux cousins se regardent, affolés. Ils s'apprêtent à crier « non », mais Jean-Roch a déjà porté le sifflet à ses lèvres. Un son strident retentit dans l'air. Nathan et Zack tournoient simultanément comme des patineurs artistiques et exécutent des saltos et des axels, simples, doubles, et même triples. Les parents hésitent. Chacun se demande s'il doit rire, applaudir, pleurer de joie ou encourager les joueurs... La foule se manifeste donc dans un brouhaha cocasse. Marc et Éric éclatent de rire. Ils viennent de comprendre le subterfuge : chacun a une pièce d'équipement. Une idée géniale pour équilibrer les forces et rendre le match plus intéressant.

La troisième période dure plus longtemps que prévu. Profitant d'une magnifique journée, les joueurs ont beaucoup de plaisir sur la glace, ce qui se traduit par des feintes incroyables, des passes superbes, des buts à couper le souffle ; et il n'y a pas que Zack et Nathan qui impressionnent la foule, mais aussi les autres joueurs. L'esprit d'équipe est excellent depuis que Nathan a changé d'attitude. Les équipes adverses n'auront qu'à bien se tenir devant les Requins de Rocketville !

L'après-midi étant bien avancé, il faut se résoudre à arrêter pour manger. Après le repas, les parents prétextent qu'ils doivent rentrer pour permettre à la famille Lachance de fêter leurs retrouvailles en toute intimité. Les gens se serrent la main, se tapent dans le dos, remercient Jean-Roch, Marc et Hélène, puis s'en vont. Un peu de repos sera le bienvenu.

CHAPITRE 19

Retour sur une journée incroyable

La famille Lachance est enfin réunie. Zack et Nathan discutent de la partie de hockey, de l'annonce inattendue de leur lien de sang et surtout, de la manière bizarre dont a réagi l'équipement. Comme ils s'apprêtent à poser des questions, Jean-Roch les interrompt.

— Mes enfants... je veux dire, mes deux fils, bafouille-t-il en regardant Marc et Éric, et mes petits-fils, reprend-il tendrement à l'endroit de Zack et de Nathan, voudriez-vous me suivre au grenier?

Les hommes se préparent à le suivre, lorsqu'une petite voix énergique s'exclame :

— Et moi? Pourquoi les garçons ne m'invitent jamais moi, maman?

Zoé déclenche un fou rire général, et presque simultanément, sa mère et sa nouvelle tante lui donnent un bisou mouillé sur les joues. La petite fille croise ses bras pour se donner un air fâché, mais au fond, elle s'intéresse peu aux histoires des garçons : elle aime juste leur rappeler sa présence de temps en temps. Quant au hockey, elle le laisse à son grand frère et à son nouveau cousin.

Passé le dernier, Marc referme la trappe du grenier pour discuter sans être entendu. Jean-Roch prend la parole.

— Mes fils, nous avons beaucoup de choses à nous raconter et à comprendre : nous le ferons plus tard avec les filles. Mais pour l'instant, réglons le problème de l'équipement. Nathan, dit-il en regardant son petit-fils, nous savions que tu l'avais volé. Ne souhaitant pas le dire devant toutes les personnes présentes, nous avons donc choisi de te faire jouer au jeu du petit gars qui ne contrôle rien pour faire rire la foule... Notre version de l'arroseur arrosé : une sorte de leçon, si tu vois ce que je veux dire, pour te faire comprendre que convoiter les biens des autres, ça ne sert à rien.

— Nous avions tout planifié avec papa et grand-papa, ajoute Zack en riant. Tu aurais dû voir ta tête quand tu es tombé. Ça valait de l'or, je te le jure !

— Lorsque nous avons découvert le lien familial qui nous unissait, reprend Marc, j'ai décidé de ne pas en informer mon fils pour lui faire, à lui aussi, une surprise.

— Et vous m'avez bien eu ! s'exclame Zack. Mais quelle histoire ! ajoute-t-il. Un nouveau cousin du jour au lendemain ! Mais j'y pense, voilà pourquoi il peut voir l'équipement !

— Exact, répondent au même moment les deux frères.

— Papa nous l'a donné quand j'avais onze ans, enchaîne Éric, et Marc avait neuf ans. Nous devions partager cet équipement. Comme vous aujourd'hui. Quand je suis parti, j'ai tout laissé ici, à Rocketville ; je m'en suis privé et je t'en ai privé, Nathan.

— Ça ne fait rien, papa.

— Tu as raison, s'écrie Zack. Maintenant, il nous appartient.

— Et moi, je resterai ! Alors, tu viens jouer, cousin ?

Les deux garçons ouvrent la trappe, descendent l'échelle et se ruent au même moment vers l'escalier, le dévalant en criant comme deux fous! Les trois hommes discutent encore quelques instants et quittent à leur tour le grenier pour rejoindre les filles au rez-de-chaussée. Il reste à fournir de longues explications et du bon temps à se remémorer. Le retour d'Éric efface toutes les années d'inquiétude où sa famille était sans nouvelles de lui ; son retour rend également la joie de vivre à sa femme et à son fils.

Au fil des heures passées à parler, ils regardent de temps à autre les garçons jouer sur la glace. C'est comme s'ils se connaissaient depuis le berceau. Jean-Roch, pour sa part, a l'impression que tout est comme avant, à l'époque où ses deux garçons étaient à la maison. Avec le retour de son aîné, la boucle est bouclée. De plus, il gagne une belle-fille et un magnifique petit-fils. Plus personne n'aura à cacher l'existence du fils absent ni dans la famille ni au village...

La journée se termine très tard. Chacun tient à profiter au maximum de ce moment magique. Fatigué Nathan demande :

— Maman, papa, est-ce que nous pouvons rentrer ? J'ai hâte d'être avec vous deux, chez nous. Zack, nous nous voyons demain pour un match ?

— Je t'attendrai, cousin.

— Nous irons chercher les autres, si tu veux.

Nathan court se blottir dans les bras de ses parents, qui l'enlacent tendrement. La famille réunie part en souhaitant une bonne nuit à leurs hôtes. Zack s'endort en regardant un dessin animé. Zoé dort déjà. Hélène se fait couler un bain relaxant après une journée remplie d'émotions tandis que Marc allume la télévision pour regarder les manchettes de fin de soirée avec son père.

L'arrestation spectaculaire de Tom Gingras, dit Le tortionnaire. Un bandit a été arrêté la nuit dernière à Montréal ; la Sûreté du Québec nous informe que l'organisation criminelle a été infiltrée par des agents doubles...

C'était donc ce travail qui a tenu Éric éloigné de sa famille ! songe Jean-Roch, le regard absent. Il pense à son fils retrouvé et à la puissance ancestrale de l'équipement sur Nathan et Zack, réunis mystérieusement sur la patinoire de Rocketville. Le bâton et les patins de l'arrière-arrière-grand-père seront-ils encore efficaces ?

TABLE DES MATIÈRES

1. Bienvenue à Rocketville! 7
2. L'équipe de copains 11
3. La proposition de Zack. 17
4. Une journée père-fils 27
5. Le grenier 31
6. La surprise 35
7. Sur la glace. 47
8. Le vol de l'équipement 55
9. Le désespoir de Zack 63
10. Grand-papa à la rescousse. 69
11. L'épopée de grand-papa. 75
12. Grand-papa se fait mystérieux 81
13. Retour de congé de maladie 85
14. Nathan à l'entraînement 91
15. Dernière journée avant le match . . . 97
16. Le jour tant attendu 103
17. L'avant-match 107
18. Un match mémorable 115
19. Retour sur une journée incroyable. . 129

Danielle Boulianne

Je suis originaire de Chicoutimi et je vis maintenant à Montréal. Je suis mère de deux enfants, Naomi et Zack.

J'ai commencé à écrire des poèmes pour mes parents dès que j'ai su aligner des lettres pour en faire des mots, puis des mots pour en faire des phrases. Je viens d'une famille pour qui la littérature est importante. J'ai d'ailleurs hérité de la passion de ma mère.

Je suis l'auteure de plusieurs romans pour la jeunesse, mais aujourd'hui, je vous présente le premier roman d'une série pour les amateurs de hockey pour les neuf ans et plus. Zack et son équipement magique vivront différentes aventures très intéressantes…

J'ai étudié en communication et en linguistique et mon travail comme transcriptrice de nouvelles me passionne. Je nage donc dans la langue française à longueur de journée.